AF282163

Widmung

Gewidmet ist dies Kain. Denn während seine Eltern den ersten Verrat an Gott begangen haben, hat Kain den ersten Dolchstoß gegen Menschen geführt. Und damit bewiesen, dass wir Menschen einen freien Willen haben. Der kann uns zwar zu schrecklichen Taten wie Verrat anleiten, aber er kann auch Liebe schenken.

Über den Autor

Oliver Szymanski wurde in Dorsten in Nordrhein-Westfalen geboren. Parallel zum Abitur arbeitete er bereits als Selbstständiger im IT-Bereich. Er hat seinen Wehrdienst in einem Nato-Fernmelderegiment geleistet. Begleitend zu seiner Tätigkeit als IT-Berater studierte er Informatik an der technischen Universität Dortmund. Er ist als Dipl. Informatiker für Unternehmen als Berater, Trainer und Software-Architekt tätig. Privat skatet und snowboarded er gern, mag Kinogänge und Rollenspiele. Bereits seit dem zwölften Lebensjahr schreibt er Geschichten in seiner Freizeit, die zwar in sich abgeschlossen sind, aber bedeutsame Facetten eines eigenen Universums widerspiegeln. Über die Jahre hinweg ist er dazu übergegangen statt der anfänglichen Kurzgeschichten vollständige Romane zu verfassen.

Oliver Szymanski

Nacirons Vampire

Vampire

~

Himmelfahrt

Bibliografische Information Der Deutschen Bibliothek:
Die Deutsche Bibliothek verzeichnet diese Publikation in der
Deutschen Nationalbibliografie; detaillierte bibliografische
Daten sind im Internet über <http://dnb.ddb.de> abrufbar.

Die vorliegende Geschichte ist rein fiktiv, spielt jedoch in einem authentischen
historischen Rahmen. Außer den historischen Figuren ist jede Nennung von realen
Personen rein zufällig, und auch die Handlungen der historischen Personen sind teils
fiktiv.

© 2010 Oliver Szymanski
Umschlaggestaltung: Oliver Szymanski
Herstellung und Verlag: Books on Demand GmbH, Norderstedt
ISBN-13: 978-3839143049

Mehr zum Roman im Internet: <http://www.naciron.de>
Und auch unter: <http://www.oliver-szymanski.de>

Danksagung

Ich danke
Naciron und Aliana,
die auf ewig in meinem Herzen sind.

Ich danke Miriam
für ihre lieben Korrekturen –
und das, obwohl sie Vampire
eigentlich nicht mag.

Und allen Lesern.
Durch Euch lebt die Geschichte weiter.

PROLOG

Liebe ist ein Spiel der Götter, ein Schicksalsschlag, den sie uns aufgebürdet haben. Doch was wäre schlimmer als dieses Schicksal zu verleugnen, schenkt doch Liebe eine reine Lebenskraft und Glückseligkeit. Wann sind wir den Göttern näher als wenn die Liebe in unserem Herzen wohnt? Ist es nicht Liebe, die Leben schenken kann?

Was aber, wenn Götter selbst lieben, Teil der Liebe sind? Vielleicht entsteht eine Kraft, die Welten schaffen kann. Die Welten verändern kann. Vielleicht ist Liebe der Ursprung hinter allem.

Wenn, dann gibt es nur eines, was stärker ist, als für einen Geliebten zu sterben. Für einen Geliebten leben.

Fürst der Dunkelheit

Die Dunkelheit hat mich vor beinahe 900 Jahren in ihre Arme gehüllt. Jetzt hat sie mich zu einem ihrer Fürsten auserkoren.

Das Hause Imhotep hatte mich freundlich empfangen, das Hause Baphomet war meine Zukunft. Ich kannte die langlebigen Angehörigen meines Hauses, wie auch alle Vasallen. Letztere waren durch ihre Natur als unsere menschlichen Verbündete weit schwerer in meinem Gedächtnis aufzunehmen und zu halten. Aber sie alle waren meine Familie. Teils geliebte und vertraute Personen, manchmal in angespannten Verhältnissen verbunden. Wie eine echte Familie, soweit ich dies beurteilen kann, hatte ich doch nie eine richtige besessen.

Teils waren unsere Verbündeten in eigenen Strukturen gekapselt. Wie der Orden der Templer, die Angehörigen der Militärakademie Wiener Neustadt oder die Ritter des Hosenbandordens, die neuerdings Kontakt zu uns pflegten. Das Geflecht aus Freundschaft, Ergebenheit, Abhängigkeit und Loyalität aufrecht zu erhalten, war die Stärke von Imhotep und seinen Kindern. Aliana hatte als Fürstin des Hauses Baphomet stets mit Charisma geherrscht. Sie war die dunkle Göttin, von ihren Feinden gefürchtet, von ihren Freunden respektvoll verehrt.

Am Tag der Hochzeit – meiner Hochzeit mit dem geliebtesten Wesen meiner Seele – trat ich von meiner Position hinter Aliana an ihre Seite. Als Geliebter, als Ehepartner, als Fürst. Glück ummantelte mich fortan in den Schleiern der Nacht, aber wie es mit der Dunkelheit bewandt ist, kann sie trügerisch sein, da das Sonnenlicht sie nicht erhellt.

Und dort wo Trugbilder entstehen, erkennt der Verstand die Wahrheit oft nicht.

Jetzt endlich waren wir vereint, auch in den Augen der Dunkelheit. Ich beliebte nicht, Fürst des Hauses zu sein. Aliana traf glücklicherweise alle Entscheidungen, und ich mischte mich niemals in die politischen Belange ein. Zumindest nicht mehr als früher, somit rein beratend.

Sie war es von jeher gewohnt, Menschen und Vampire zu führen. Imhotep hatte sie und ihren Bruder dazu angeleitet zu herrschen. Aliana stammte wie Imhotep aus Ägypten. Sie war sein ersten Kind, nachdem Imhotep die ersten Menschen nach seiner eigenen Verwandlung durch Unwissenheit tötete. Einst war sie eine ägyptische Adlige. Ihr Name Aliana stammte aus der lateinischen Übersetzung ihres Namens. Er bedeutet die Anmutige.

Gideon war erst später in diese Familie aufgenommen worden. Er stammte aus dem heutigen Israel. Aliana selbst hatte ihren Bruder ausgewählt, nachdem er einige Jahre ein intelligenter Begleiter war. Imhotep und eine Vampirin aus dem Hause Longinus, zu der Imhotep eine Beziehung hatte, hatten ihn daraufhin gemeinsam verwandelt. Eigentlich gehörte Gideon zu den menschlichen Vasallen des Hauses Longinus, doch die Freundschaft der zwei Häuser erlaubte seine Verwandlung.

Obwohl Gideon eine gute Beziehung zu seiner Mutter hatte, war die zu seinem Vater und Aliana stärker. Zwischen den dreien entwickelte sich ein ewig währendes starkes Bündnis, dessen Zeuge ich bereits für so lange Zeit sein durfte.

Meine Liebe zu Aliana war in allen Jahrhunderten gewachsen, niemals hatte sie auch nur einen Bruchteil meines Herzens verloren. Es schlug für diese Göttin der Nacht.

In all unserer gemeinsamen Zeit hatte ich nie wirklich verhindern können, in Liebe zu ihr zu verfallen.

Sie war das beste in meinem Leben. Weise Männer sagen, dass lediglich Dummköpfe sich Hals über Kopf verlieben. Ich weiss nicht, ob es ein plötzlicher Augenblick oder eine lange Entwicklung war. Rückwirkend mag ich behaupten, dass ich sie immer geliebt hatte, auch in der Todesangst unseres ersten Augenblicks.

Niemals werde ich in unserer Liebe zurückweichen. Ich sehe selten anderen in die Augen, dieser gemeinsame Blick in den Spiegel der Seele ist zu wertvoll, als das ich ihn mit vielen teilte. Schaut man einem Menschen in die Augen offenbart man ihm sein Inneres, falls er es zu lesen vermag. Schaut man einem Vampir in die Augen, offenbart man einem Gott seine Seele.

Es ist der Moment, wenn sich die Augen vereinen, der uns aneinander bindet. Die Zusammenkunft der Seelen ist unabwendbar gewesen. Was auch immer sie von mir verlangt, ich vertraue Aliana und erfülle ihre Wünsche.

Wir vertrauen einander. Wir lieben einander. Wir stehen für den anderen ein. Unsere gegenseitige Hingabe kann man nicht messen und unser Band nicht durchschneiden.

Aliana hatte durch den Schlag gegen Vlad Drăculea und die endgültige Vernichtung Kalais ihre Macht gestärkt. Auch unter den Jahrhunderte alten Anhängern Kalais gab es keine Stimmen mehr gegen meine Geliebte. Zweifellos herrschte sie mit harter doch gerechter Hand. Ihre Vasallen waren ihr ausnahmslos treu ergeben, und auch wir nahmen unsere Verpflichtungen ernst. Denn Loyalität in der Dunkelheit ist das einzige Licht das für uns scheint.

NACHT DER LIEBENDEN

Es geschah in der Nacht, in welcher wir in unserem Domizil in der Feste Coburg nächtigten. Der Trupp der Templer unter dem Kommando von Yara Fortaleza, welcher uns stets als Geleitschutz zur Verfügung stand, bewachte das Gelände.

Fortaleza war eine erfahrene Templerin. Sie hatte an unserer Seite die schlimmen Zeiten gegen Vlad Drăculea überstanden und war eine tapfere und besonnene Anführerin. Eine Templerin, die selbst mir sympathisch war. Selten nahm sie sich eine Auszeit von der Leibgarde. Und meist zog es sie dann in den portugiesischen Hauptsitz der Templer, wo sie Rekruten im Schwertkampf ausbildete. Sie war trotz ihrer inneren Gelassenheit eine Templerin mit Leib und Seele.

Die Nachteinheit war in diesen Tagen nach Rumänien abkommandiert. Sie jagten die Überbleibsel des Hauses Dracul, die letzten Reste des Widerstandes, die dem neuen Fürsten, aus der ehemaligen Moldauer Leibgarde stammend, die Treue verweigerten. Wir wollten nicht, dass diese rebellischen Vampire Gelegenheit bekommen sich zu Formen und in einer Gemeinschaft zu erstarken. Außerdem war es eine passende Gelegenheit für die Nachteinheit, ihre Künste zu perfektionieren. Morgengrauen für Morgengrauen trafen Mackinnons Berichte über besiegte Anhänger des Untotenfürsten ein. Gnade wurde nur denen gewährt, die sich bedingungslos der neuen Ordnung fügten. Dabei besiegelten Blutmeister und Geistlenker den Schwur.

Die Dämmerung senkte sich über das Land, Frieden im Reich der Dunkelheit. Die Burg Coburg ist hoch über der Stadt gebaut. Von der Burgmauer aus sah ich die Sonne versinken und genoss den Augenblick. Nach den Ereignissen vor unserer Hochzeit sehnte ich mich nach ruhigen Momenten im Leben. Zumindest für eine kurze Weile.

Ein Teil der Burg diente als Museum, aber die Räume für uns waren von der Öffentlichkeit geschickt abgeschottet. Bei Tag hatte ich mir den Spaß erlaubt, an einer Führung teilzunehmen und die Ausstellungsstücke besichtigt. Alte Schwerter und Rüstungen, es ist ein besonderes Gefühl, wenn die Einzelteile einen an die echten Menschen dahinter erinnerten.

Nachdem die immer länger werdenden Schatten in die vollständige Dunkelheit übergegangen waren, begab ich mich in das Gemach, das für die Fürstin des Hauses Baphomet in den Burggemäuern zurecht gemacht worden war. Die Templer ließen mich mit ihren unerschütterlichen Mienen passieren und grüßten mich dabei förmlich.

Nach all der Zeit seit Anbeginn meines Lebens in der Dunkelheit, die ich ihre Ignoranz hatte spüren müssen, war dies mehr als ungewohnt. Es schien mir falsch. Aber ich war ihr Fürst, und sie liebten Hierarchien. Gib einem Menschen einen Titel, und er wird anders angesehen. Gib einem Templer einen Titel, und er wird zum Gott für die unter ihm stehenden.

Ich öffnete selbst die Tür zu Alianas Schlafgemach. So sehr die Templer auch an Disziplin und Gehorsam glaubten, sie waren keine Diener. Sie würden für mich jetzt in den Tod gehen, aber gewiss mir nicht die Tür aufhalten. Allerdings hätte ich das auch nicht gewollt.

Die Templer schauten dezent beiseite, als wollten sie verhindern, einen Blick hinein zu erhaschen. Ich hätte daraufhin wissen müssen, was mich erwartete.

Sanft schauten die verträumten Augen der Rothaarigen aus den hellweißen Laken, auf denen sich ihr jugendlicher Körper nackt reckte. Ihr Oberkörper lag derart auf Aliana, dass ihre Brüste sich auf die Taille der Schattengängerin pressten. Ihr Kopf schlummerte auf Alianas Haarpracht. Meine mit mir in der Ehe verbundene Jägerin lächelte mir zu.

Während ich näher an das altertümliche Bett trat, stützte sich Alianas Beute auf ihren Arm auf und bot mir mit der Bewegung ihre entblößte Front dar. Ihre helle Haut hob sich selbst in dem flackernden Kerzenlicht von Alianas dunklem Teint ab.

Die grünbraunen Augen der Frau funkelten einmal herüber. Allerdings waren ihre Augen keineswegs so eindrucksvoll, wie die meiner Göttin. Ein silbernes Kreuz, hängend an einer Halskette, rieb sich an ihrer weiblichen Form. Eine Christin. Sicherlich wusste sie, welches Blut in Aliana zirkulierte. Es war ein Gottesdienst im wahrsten Sinne, was sie in das Bett getrieben hatte.

Das Kreuz hatte keine Wirkung auf eine Vampirin der Machtlinie der Schattengänger. Jede Art der Götter der Dunkelheit besaß eigene Symbole, mit der Kraft ihnen Schaden zuzufügen. Jedes dieser Symbole musste man in den Ursprüngen der Machtlinie suchen, in ihrem jeweiligen Sakrileg. Und die Vampire hüteten ihre Schwachstellen gut, sofern sie nicht bereits bekannt waren.

Ich sah die Wundmale an dem Hals, die kleinen Punkte, die so häufig unsere Vasallen zierten. Aliana fuhr sich mit der Zunge über ihre vollen Lippen, als sie meinen Blick bemerkte. Ich setzte mich auf die Kante des Bettes und sah meiner Geliebten tief in die Augen, in denen ich mich jedes

Mal aufs Neue verlor. Augen, die einst in mir pure Furcht ausgelöst hatten. Augen, in deren Besitzerin ich mich verliebt hatte.

»Habt Ihr genug getrunken, meine Fürstin?«, hauchte Alianas zarte Bettgenossin gierig. Sie wollte, dass Aliana mehr Blut von ihr nahm. Menschen sind oft trunken wie vom Genuss von zu viel Alkohol, wenn ein Vampir aus ihnen trinkt. Häufig starben Menschen dabei durch unerfahrene Vampire. Und das nicht, weil der Vampir sich nicht mehr stoppen konnte, sondern weil der Mensch immer mehr anbot. Man konnte süchtig danach werden, wenn der Biss seine leichte Betäubung wirkte, und die Aura eines Vampirs einen überkam. Auch ich liebte die seltenen Male, in denen Aliana eine Winzigkeit meines Blutes kostete und bettelte dann nach mehr.

Aliana erwiderte meinen Blick. Niemals kann ein Mensch lesen, welche Gedanken einem Gott obliegen. Manchmal konnte ich es durch die Erfahrung erraten, aber oft irrte ich mich. Es dauerte einen Moment, bis sie mit ihrer leisen aber eindringlichen Stimme sagte: »Man kann niemals wissen, wann man mehr Blut benötigt.«

In der nächsten Sekunde lag ich mit dem Rücken auf dem Bett. Aliana saß in ihrer entblößten Schönheit rittlings auf mir, und neben mir bettete sich der andere nackte Körper. Trotz Alianas abrupter Handlung hatte sie unsere beiden menschlichen Körper behutsam behandelt. Ich zitterte in dem Augenblick, denn mein Körper brauchte Zeit zu verstehen, was geschehen war – und weil ich wusste, was passieren würde. Die grünen Augen der Rothaarigen hatten sich stark geweitet. Sie war die Beute, wenngleich die Jägerin sie nicht zu erlegen gedachte. Genauso wie ich in dieser Nacht Beute war. Aliana spielte mit uns auf ihre katzenartige Weise. Sie nutze ihre Furcht verströmende Macht dosiert, um unsere Herzen immer wieder stark schlagen zu lassen. Dann wieder liebkoste sie unsere Leiber, um uns Geborgenheit zu schenken. Und sie liebte uns.

Wie sehr hatte ich in früheren Zeiten immer sehnsüchtig auf Momente der Nähe mit Aliana hingefiebert. Teilweise waren Jahre, wenn nicht sogar Jahrzehnte zu meiner Ungeduld zwischen ihnen vergangen. Es sei denn, wir waren allein zu zweit, wie damals zur Zeit des Kennenlernes Vlad Drăculeas, durch die Länder gezogen. Jetzt duldete das strenge Protokoll endlich unsere gemeinsamen Tage und Nächte. Niemand wagte mehr über unsere Liebe zu tuscheln oder schlimmer noch, negativ über sie zu reden, seitdem wir in der Ehe vereint waren. Kein Wunder, wenn der Bruder der strengen Fürstin Gedanken zu lesen vermochte.

Offene Abscheu gegen unsere Zweisamkeit zeigte lediglich Marketa sehr deutlich. Ihre Gefühle zu mir und Aliana lagen im Chaos. Und die mächtigste aller Blutmeisterinnen war in ihrer Kraft nicht zu unterschätzen – denn sie war von doppeltem Blute.

EIN KUSS

Spät in der Nacht, der Morgen brach beinahe an, klopfte es an der Tür. Nur Aliana und ich befanden uns noch im Raum. Die Rothaarige hatten uns irgendwann zugunsten der liebevollen Zweisamkeit verlassen. Sie würde uns sicherlich wieder besuchen.

Wir saßen nahe dem Fenster auf zwei bequemen Samtsesseln im Kerzenschein und hatten zuletzt die Pläne für die nächsten Tage besprochen. Wir waren beide in bequemen dunklen Umhängen gekleidet, ich trank ein wenig Wein. Aliana ließ ihre Schatten die Tür öffnen.

Ethrel trat ein. Der Tierwandler gehörte zu den engsten Vertrauten unter unseren Vampiren. Ethrel oder Etrehl, die andere Schreibweise seines Namens, war von dem Vampir Aodhán aus dem Hause Skara Brae geschaffen worden. Zu seinem Lebzeiten hatte der Wolf im Manne auf einer der Orkney-Inseln gelebt. Er war von Druiden bereits als Junge zum Opfer ausgewählt worden und rituell im Steinkreis von Brodgar Aodhán als Blutdiener übergeben worden. Als Mensch sollte er Aodhán sein Blut bei Bedarf schenken. Ein langer Weg hatte ihn in Kalais Haus geführt.

Etrehl war einst gemeinsam mit Aodhán und anderen Vampiren Skerrabras mit schottischen Mannen ausgezogen, um in Outremer neue Territorien zu erobern. Dort lernten die Vampire des schottischen Hauses Kalai kennen. Dem kürzlich in die Welt der Dunkelheit eingegangen Fürsten Baphomets dürstete es danach die Zahl seiner Anhänger zu vergrößern. Doch er war noch zu unerfahren damit und bat Aodhán es ihn zu lehren. Der herrische Aodhán zwang

Etrehl sich niederzuknien, und trank alles Blut aus dem flehenden Menschen. Danach ließ er den Sterbenden von seinem Blut trinken und schenkte seinen verwandelten Diener Kalai. Ethrel hatte es Kalai zu verdanken, den Fluch gewaltsam aufgezwungen bekommen zu haben. Kalai sah es als eine große Güte an und erwartete stets höchste Dankbarkeit von dem auferstandenen Tierwandler.

Ethrel verneigte sich höflich und brachte uns frisch eingetroffene Nachrichten aus aller Welt. Der Tierwandler war in dunkle Jeanshosen und einem schwarzen Rollkragenpullover gekleidet. Ich wusste, wie vehement er alle Kleidung und die Menschengestalt hasste. Sein Menschenleben hatte er als Diener verbracht, jetzt spürte er Freiheit nur, wenn er sich in seiner Tiergestalt in freier Natur befand.

»Aus New York erreichten uns die Grüße von Joshua Temple. Der Monatsbericht der dortigen Templerstätte weist keine besonderen Vorkommnisse auf. Evangelina Camilla Rousseau verweilt zur Zeit in London, sie hat vorhin angerufen und von auffällig vielen Zusammenkünften der katholischen und anglikanischen Kirche gesprochen. Sie sprach davon ihre Ritter mehr Informationen sammeln zu lassen, bevor sie einen vollständigen Bericht dazu abgibt. Prinz Gideon hat sich aus Sambia gemeldet, er sagte die Verhandlungen laufen zufriedenstellend und er erwarte positive Resonanz.«

Aliana biss sich bei den letzten Worten Ethrels auf die Lippen. Ich trank eine weiteren Schluck des roten Weines. Er stammte aus dem eigenen Anbau einer unserer Weinbergein Südfrankreich. Ethrel wollte weitersprechen, aber Aliana unterbrach ihn mit einer Handbewegung.

»Ehtrel, bittet im Anschluss Marketa, in der kommenden Nacht wegen Ischariot nach Rom zu reisen. Ruft Gideon auch noch zurück und sagt ihm, wir werden uns bei seiner Wiederkehr mit Lukas um genau 22:47 treffen.«

Ethrel machte sich eine Notiz in ein kleines in Leder gebundenes Buch, wie ich es auch besaß – wir hatten es ihm einst als Aufmerksamkeit aus London mitgebracht. Danach fuhr er mit seinem Bericht fort: »Der Dunkle Arm der Templer hat Fortschritte in Rumänien gemacht. Nathan hat drei ausgeschaltete Draculaner gemeldet. Ich werde Euch alle Berichte zu Eurer Durchsicht hinterlegen.«

Die Nachteinheit hatte drei Anhänger des von uns trickreich besiegten Vampirfüsten Drăculea erlegt. Diese Vampire hielten sich an keine Hausregeln, widersetzen sich den Geboten der Dunkelheit, jagten Menschen rücksichtslos und äußerst brutal. Allein um den Schutz der Welt der Dunkelheit zu sichern, mussten sie entfernt werden.

»Sehr schön. Habt Dank, Ethrel. Richtet noch meine Botschaften aus, dann könnt Ihr ruhen gehen. Der Morgen bricht schließlich an.«

Ethrel nickte. Er war kein Vampir vieler Worte. Ich glaube, ich habe mehr Tierlaute von ihm vernommen als Wörter gehört.

Er verschwand. Ich trank einen Schluck aus meinem Glas und leerte es damit endgültig. Mir wurde ein wenig schwummrig. An diesem Tag würde wohl auch ich ausschließlich ruhen. Aliana wirkte zufrieden aber auch ein wenig unruhig.

»Aliana, was planst Du gemeinsam mit Gideon?«, fragte ich interessiert, während der Wein mir zusetzte. Ich war glücklich und unbekümmert.

Aliana betrachtete mich aufmerksam: »Es geht bloß um einen Kuss.«

Doch um die Zukunft zu verstehen, muss man die Vergangenheit kennen.

Reise nach Afrika

1529 AD

Ich begleitete Marketa auf eine Reise nach Südafrika, in das heutige Gebiet von Sambia, südlich des Kongos. Wir waren in offiziellem Auftrag unterwegs, da Aliana wichtige andere Ereignisse in Europa koordinieren musste. Unsere Fürstin war dabei einen neuen Arm der Templer und des Hauses Baphomet jenseits des Atlantiks zu planen. Die Besiedelung des neuen Kontinentes war in vollem Gange, und Imhotep und seine Kinder dachten nicht daran, dass Land frei von ihrem Blute zu lassen. Sie hatten Sorge, Missachtung könne sich hier irgendwann einmal rächen.

Als Vampir plante man zwar in Jahrhunderten, aber man durfte den rechten Augenblick auch nicht verpassen. Amerika wartete hinter dem Atlantik.

Der Atlantik, ein gigantisches Meer. Nach dem Pazifik bildete sich unter seinem Namen die zweitgrößte Wasserfläche der Welt. Dieses Weltmeer bedeckte ein Fünftel der Erde. Der Name dieser über 100 Millionen Quadratkilometer großen Fläche stammte aus dem griechischen. Denn der Historiker Herodet nannte es beinah ein halbes Jahrhundert vor Christus in seinem neunbändigen Historienwerk Atlantis thalassa. Das Meer entstand als der Urkontinent Gondwana sich teilte, welcher früher unter anderem aus Afrika und Südamerika bestand. Dieses beinahe in Gänze auf der Westhalbkugel der Erde befindliche Meer bietet mit über 350 Millionen Kubikmetern Nässe viel Platz zum leidvollen Ertrinken. Und dahinter so lange Zeit verborgen ein neuer Kontinent zum Entdecken. Doch dieses große Meer musste ich nicht überqueren. Noch nicht. Aber Marketa und ich sollten es befahren, zumindest am Rande.

Wir starteten mit dem Schiff von Venedig aus. Aus dem Kern einiger Sumpfinseln gewachsen und am nordöstlichen Ende des italienischen Stiefels gelegen, war die Stadt ursprünglich hauptsächlich durch Flüchtlinge und aus ihrem Zusammenschluss im neunten Jahrhundert zum Zwecke eines gemeinsamen Verteidigungssystems gewachsen. Sie stand auf dalmatienischen Hölzern.

Venedig war Stadtstaat und Republik zu dieser Zeit und sollte das immerhin bis 1849 bleiben. Regiert wurde es vom Dogen Andrea Gritti, dessen Bezeichnung vom römischen Dux für Befehlshaber stammte. Die Republik Venedig war gerade erst in ihrem Expansionsstreben gestoppt worden und führte jetzt eine Politik der Neutralität. Außerdem galt sie in Europa im Bündnis der Nacht als beliebter Aufenthaltsort der Götter der Dunkelheit. Ich hatte hier bereits einige schöne Nächte mit Aliana genossen. Die spezielle Kultur Venedigs erlaubte es uns, uns dort frei zu fühlen. Gerade der Karneval dort mit seinen stilvollen Masken hatte es mir und Aliana angetan. Zum Ersten mal schrieb der damalige Doge Vitale Falier 1094 vom Carnevale di Venezia und leitete damit eine wunderbare Tradition ein. Gut, ich gebe zu, in späteren Jahrhunderten zur Zeit Casanovas artete alles ein wenig aus, aber ich nahm immer wieder gern teil.

Marketa hatte mich wie ein kleines Kind immer wieder angebettelt, diesmal mit ihr allein den Karneval zu genießen, aber wir trafen zur falschen Jahreszeit ein. Ich musste sie mit Engelszungen davon abhalten, ihre Enttäuschung am Blute der Menschen auszulassen.

Vom venezianischen Hafen aus reiste ich nach kurzem Aufenthalt mit Marketa über das Mittelmeer durch die Säulen von Herakles. Diese beiden Vorgebirge, welche die Meerenge von Gibraltar flanktierten, galten in der griechischen Mythologie als die Säulen, welche den Himmel tragen. Hinter der sechzig Kilometer langen und an der engsten Stelle vierzehn Kilometer breiten Wasserstraße von Gibraltar vermuteten die antiken Griechen das Ende der Welt. Hier nahm Herakles Atlas seine schwere Bürde für eine List für kurze Zeit ab. Atlas war der Titan, der nach dem großen Kampf der Titanen von Zeus dazu verdammt wurde, am westlichsten Punkt der bekannten Welt zu stehen und das Himmelsgewölbe zu stützen.

Hinter der Meerenge ging es nach Süden, bis unsere aufreibende Reise uns dorthin führte, wo die Portugiesen Jahre später um 1575 die Stadt São Paulo de Luanda gründeten. Zu späteren Zeiten ist sie unter dem einfachen Namen Luanda mit mehreren Millionen Einwohnern als Hauptstadt von Angola bekannt. Damals gab es nur lose zusammenhängende Hütten.

Dort wurde ich von der magischen Aura Afrikas willkommen geheißen. Wir gingen an Land des zweitgrößten Kontinents der Erde und reisten mit den uns zur Seite stehenden acht Templern Richtung Osten. Unsere Pferde hatten wir in Europa gelassen. Man kam gerade hier, wo es kaum vernünftige Wege durch den Dschungel gab, ohne sie schneller voran.

Marketa war an allen Abenden der Reise distanziert aber freundlich zu mir gewesen. Wir plauderten nachts auf dem Schiff, sie versuchte mit Vorliebe mich mit beißendem Sarkasmus zu provozieren. Auf dem Festland sprachen wir gegen Abenddämmerung am Lagerfeuer miteinander, bis sie die Freiheit fern des Meeres nutzte, um die Umgebung als Jägerin heimzusuchen, während wir weiterreisten. Mit den Templern hatte ich kaum Gesprächsstoff, von den Warnungen vor wilden Tieren abgesehen. Kurz vor Morgengrauen stieß Marketa immer wieder zu uns. Wir waren wochenlang unterwegs.

SAMBESI UND NUBIEN

Auf unserem Weg wurden wir eines Abends nach der Ankunft in Afrika von Getreuen des Vampirfürsten Ngola am Rand des gewachsenen Weges erwartet. Samura, ein hochgewachsener und kräftiger Dunkelhäutiger gebot uns förmlich sein Willkommen. Mit ihrer Hilfe kamen wir deutlich schneller voran. Er sowie zwei weitere Männer und eine schlanke Frau, die alle wie edle afrikanische Stammeskrieger wirkten und Holzschilder und Speere trugen, geleiteten uns weiter zu unserem Zielort. Die Ursprungsquelle des Flusses Sambesi.

Dieser gewaltige Strom Afrikas durchfließt zahlreiche Länder des Kontinentes, bevor er nach beinah 2600 Kilometern in den Indischen Ozean mündet. Es gibt lediglich drei größere Flüsse in dem wilden Kontinent.

Wir erreichten unser erstes Ziel nach zahlreichen Nächten des Reisens, kurz vor Ende der Dunkelheit. Der Ort lag im heutigen Sambia an der Grenze zum Kongo und Angola. Mitten in Afrika.

Ich kam nicht dazu mich umzusehen, zu erschöpft war mein Körper. Der eigentlich nicht vorhandene Weg durch den fremden Kontinent, den wir beschritten hatten, hatte mich ausgelaugt. Vampire wie Menschen begaben wir uns zur friedlichen Ruhe. Träume von Aliana begünstigten meinen Schlaf. Nach wenigen Stunden erwachte ich wieder.

Es war Vormittag zwei Templer standen mit müden Augen in der Nähe. Sie hielten Wache, während der Rest noch schlief. Ich grüßte sie mit einem Kopfnicken, sie blickten mich nur an.

Wir befanden uns in einem kleinen Dorf am Fluss Sambesi bei den Lundaschwellen. Bei Schwellen handelt es sich in der Geomorphologie um Erdkrustenaufwölbungen. Die Lundaschwelle ist bis zu anderthalb Kilometer hoch. In dieser Art Gebirge entsprang der Fluss Sambesi. Das Dorf bestand aus ärmlichen kleinen Hütten, die wiederum aus Blättern und Holz.

Ich sah mir die Ortschaft bei Tageslicht an. Viele kleine Kinder liefen umher und einige Fischer standen mit Netzen direkt im Fluss oder befanden sich in Kanus einige Meter vom Ufer entfernt. Dies waren befreundete Menschen des Hauses Sambesi, dessen Fürst Ngola war. Die Menschen sahen trotz der auf mich unzivilisiert wirkenden Verhältnisse glücklich azs.

Der wilde Kontinent verbarg unglaubliche Tiere und Pflanzen in seiner dichten Landschaft. Während der gesamten Hinreise hatte er mich immer wieder in Erstaunen versetzt. Dies hier unterschied sich dermaßen von den bisher von mir besuchten Ländern, dass ich jede Kleinigkeit versuchte wahrzunehmen. Natürlich hatte auch Europa in meinen Zeiten noch ungezähmte Flora und Fauna. Nicht weniger gefahrvoll als die Welt Afrikas. Dennoch anders. Der Unterschied zwischen vertraut und fremdartig.

Während im Norden Afrikas Wüstengebiete wie die Sahara existieren, im Süden dagegen die Nebelwüste Namib liegt und häufig Savannengebiete in ganz Afrika vorkommen, befanden wir uns auf unserer Reise größtenteils im tropischen Regenwald. Dieser nimmt bereits in dem Gebiet von Angola einen großen Teil ein, liegt aber auch im heutigen Kongo und Sambia. Das Gebiet heißt in der Moderne Kongobecken und ist nach dem Amazonasbecken der größte Urwald der Erde. Als ich mir damals versuchte, die riesige Fläche von Afrika, das Europa dreimal aufnehmen konnte und über 30 Millionen Quadratkilometer Land ausmachte, vorzustellen, zweifelte ich an diesen Fakten aus den Berichten der Bibliothek des Hauses Imhotep.

Auf der Reise hatte ich diverse Affenarten kennen gelernt, wie kleine Menschen wirkten sie damals auf mich. Elefanten, zu der Zeit einfach unglaublich anzusehen. Okapis, Nashörner, Gorillas, Krokodile und katzenartige Wesen, die als Jäger unterwegs waren und mich sehr an Aliana erinnerten. Und all diese Tiere in einer phantastischen Flora gewaltiger Bäume mit riesigen Blättern. Ohne unsere Führer hätten wir uns im Kongobecken sicherlich verloren. Doch jetzt waren wir beinahe am Ziel der Reise angekommen.

Die Mitglieder des Hauses Sambesi sprachen Französisch mit uns. Die einfachen Menschen des Dorfes hier verstand ich nicht, vermutlich handelte es sich um Mischmasch beziehungsweise Teile der Niger-Kongo- und Khoisan-Sprachen.

In dem Dorf lernte ich zum ersten Mal ein Getränk kennen, dass in Europa erst Ende dieses 16. Jahrhunderts Einzug erhalten sollte. Die Dorfbewohner stellten das Gebräu aus Bohnen her, die sie rösteten und mahlten. Mit heißem Wasser aufbereitet handelte es sich um eine belebende schwarze Brühe. Sie zeigten mir auf Nachfrage, dass die Bohnen aus den Steinfrüchten von ca. zwei Mann hohen Strauchpflanzen stammten. Die Früchte wurden nach Reifegrad je nach ihrer Farbe von grün über gelb nach rot eingeteilt. Zwei Bohnen entstammten der normalen Frucht.

Dieses Getränk würde mein Leben verändern, stellte ich fest, als ich deutlich wacher wurde. Was konnte einem Mann, der die Nacht wach mit seiner Geliebten verbrachte, und bei Sonnenlicht die Tagesgeschäfte zu erledigen hatte, und dem somit nur wenige Stunden Schlaf in den Tages- und Nachtdämmerungen blieben, mehr helfen als Kaffeegenuss? Zumindest, wenn er seinen Körper nicht von anderen Drogen abhängig machen wollte. Tee fand übrigens erst einige Jahre später als Kaffee seinen Weg nach Europa.

Fürst Ngola selbst hatte sein eigenes Lager nicht hier aufgeschlagen. Wir würden ihn in der Nacht, für die wir hergekommen waren, in einigen Tagen an den Viktoriafällen sehen. Glücklicherweise waren wir frühzeitig angereist, so dass uns diese Zeit blieb. Bis dahin dauerte unsere Reise nach und durch Afrika bereits über 100 Tage. Aber was zählt schon das wichtigste Gut der Menschen, Zeit.

MARKETA

Zu den ersten Vampiren des Hauses Baphomet gehörten die Blutmeister. Ursprünglich war das Haus aus dieser Machtinie entstanden. Ihr erster Fürst Baphomet hatte im Jahre 1099 das Sakrileg begangen, Sara, womöglich eine Nachfahrin Jesu, während der Eroberung von Jerusalem zu schänden. Und danach die aus meiner Sicht auch sehr schlimme Tat, Kalai in einen Vampir zu verwandeln.

Da Blutalter der Linien stark über die Kraft eines Vampirs entscheidet, waren die Mitglieder des Hauses zu Beginn meiner Zeit in der Dunkelheit nicht sonderlich machtvoll. Zumindest im Vergleich zu Angehörigen anderer Häuser. Zur Zeit unserer Reise durch Afrika gab es diese Linie aber immerhin bereits deutlich über 300 Jahre. Die Blutmeister unten den Angehörigen des Hauses hatten neue Blutrituale entworfen und gelernt große Kräfte zu entfesseln. Doch im Vergleich zu meiner Göttin war ihre Macht immer noch nichts.

Doch bereits damals hatte ich den Eindruck, dass Marketa als Blutmeisterin weit über den anderen ihrer Machtlinie stand. Sie lernte schneller als die anderen, ihre Rituale wirkten stärker, ihr göttliches Blut schien besonders kraftvoll zu sein.

Was machte sie so besonders in den vampirischen Ahnen des ersten Blutmeisters, der sich an Sara, der eventuellen Nachkommin Jesu von Nazareth, versündigt hatte? Sie war von doppelten Blute. Eingegangen in die Welt der Dunkelheit, in der Nacht der Hochzeit von Aliana und Kalai, war ihr Blut mit der Machtlinie der Blutmeister beseelt worden. Doch Kalai hatte damals nicht erfahren, dass sie auch die irdische Tochter eben der Sara war. Dadurch trug sie dasselbe Blut auch unverseucht vom Fluch der Vampire in sich. Sie war die Geburt des Sakrilegs, vom Fluch getroffen.

Ob sie tatsächlich eine Nachfahrin Jesus Christus war, wage ich nicht zu entscheiden. Aber das war nicht wichtig. Der Glauben zählt, dadurch entsteht die Sünde, dadurch der Vampir und seine Blutlinie.

Glauben ist menschlich, nicht vampirisch. Vielleicht fehlt den Vampiren daher die Kraft, ihren Fluch wieder abzulegen. Glaube ist die größte aller Mächte. Er kann Berge versetzen. Zumindest wenn man dieser niedergeschriebenem Aussage vertraut.

Und Marketa trug den Glauben der Sünde, und den der Erlösung in sich. Sie hatte das Potential die mächtigste aller Blutmeister zu werden. Und sie hatte mit Aliana und dem Rest der Familie machtvolle Wesen an ihrer Seite, die ihr Hilfe boten, dieses Potential zu entfalten.

Während ihre menschliche Vorfahrin, Sara, von der Prieuré de Sion zu Lebzeiten verwahrt worden war, lag Marketas unsterbliches Schicksal im Hause Baphomet. Das Haus meiner Göttin. Mein Haus.

Eine einzige Person hatte jemals versucht, sie in der Ausführung von Blutritualen zu übertreffen. Erzsébet Báthory. Die schlimmste Serienmörderin aller Zeiten, die Blutgräfin. Sie sollte keine 100 Jahre nach unserer Afrikareise Ungarn mit Greueltaten heimsuchen. Aber dazu ein andermal mehr.

Wie bei jeder Machtlinie gab es auch gegen die Blutmeister eine wirkungsvolle Waffe, ein Symbol. Der Aberglaube besagt, gegen Vampire wirkt das Kreuz. Dies galt aber nur für die Angehörigen des Hauses Dracul. Man musste die Symbole in den Wurzeln der Sünde des Hauses und seiner Machtlinie suchen.

Zu den Waffen gegen die Blutmeister zählt das eine Zeichen Salomons, der Davidstern. Sara war unter dem Stern im Tempel Salomons vergewaltigt worden. Das Zeichen symbolisiert noch dazu die Nachkommenschaft von Jesu und dessen Stammbaums bis zu David selbst.

David, der Hirtenjunge, nach Saul der zweite König von Israel, der nach dem Sieg gegen Goliath von Saul am Königshof aufgenommen wurde. Der letzte Richter Israels, die das Land regierten, bevor es ein Königreich wurde, und Prophet Samuel hatte David bereits als Kind in einem angeblich göttlichen Auftrag zum zukünftigen König nach Saul gesalbt.

Der Welt der Dunkelheit war damals ein unbedeutender Hirtenjunge deutlich lieber als Saul, muss ich dazu erwähnen. Geistlenker lassen viele Menschen sich als Propheten sehen.

Saul selbst wollte David später in Eifersucht töten, doch Sauls Sohn Jonathan und seine Tocher Michal, die David geheiratet hatte, halfen ihm bei der Flucht. David gelang es zweimal, im geheimen zu Saul zu gelangen, beide Male tötete er ihn jedoch nicht. Damit verdiente er sich Sauls Respekt, der ihm versprach nach ihm König zu werden. Als Saul und dessen Sohn Jonathan gegen die Philister im Kampf fielen, wurde David um 1000 v. Chr. damit zweiter König von Israel.

König ist ein relativer Begriff. Eigentlich war David nicht mehr als ein kleiner Provinzherrscher mit den 1500

Einwohnern Jerusalems unter sich.

Ihm haben wir den Davidstern zu verdanken. Dieser Stern besteht aus zwei blauen ineinander liegenden Dreiecken, dessen zwölf Kanten die Stämme Israels und die sieben Teile aus denen er besteht die Tage der Welterschaffung symbolisieren. Das nach unten gerichtete Dreieck zeigt, dass Gott den Menschen das Leben gegeben hat, das andere, dass wir Menschen durch den Tod zu ihm zurückkehren. Der Stern gilt als Schild Davids, der ihn mit Gottes Kraft geschützt haben soll. Gern hörte ich Imhoteps Sichtweise dieser Geschichte, der David sehr nahe gestanden hatte.

Der Davidstern war eine Waffe gegen jeden Blutmeister. Doch Marketa war Blutmeisterin von doppeltem Blute.

VEREINIGUNG DER HÄUSER

Wir waren in Afrika um dem Zusammenschluss zweier wichtiger Häuser beizuwohnen. Die Fürsten der Häuser bemühten sich, mit der Vereinigung der Necessitas Aedium Imhoteps gerecht zu werden. Wir sollten dies bezeugen. Und noch wichtiger: Marketa sollte dies mit einem Ritual festigen.

Ein Blutritual konnte helfen, das ein Schwur nicht gebrochen wurde. Oder das der Eidbrecher schlimme Qualen zu erleiden hatte. Siedendes Blut war eine Strafe, die selbst einem Vampir schreckliche Leiden zufügte. Und vor allem ließ sich ein solcher Vampir schnell erkennen, sobald er gegen den geleisteten Schwur verstieß.

Bei den Häusern handelte sich um das Haus Nubien mit Wurzeln aus dem Land Angola und das Haus Sambesi. Beide sollten fortan als ein Haus unter dem Fürsten Ngola bestehen.

Dies war nicht neu. Eigentlich waren diese Häuser bereits vereint und Ngola war ihr Fürst. Dies war bereits vor den Zeiten Drăculeas geschehen. Allerdings war in den letzten Jahren ein Krieg zwischen den Vampiren hier in Afrika entbrannt, und das Haus war gespalten worden. Das ehemalige Haus Nubien war von Ngola feindlichen Vampiren ohne Zustimmung der Neccessitas Aedium wieder gegründet worden. Doch der Fürst hatte die Rebellion niederschlagen können.

Dabei halfen tapfere englische Soldaten, die uns von Ritter des Hosenbandordens gestellt wurden, und die wir zu Ngolas Unterstützung entsendeten. Der Ritterorden war 1348 vom englischen König Eduard III. gegründet worden. Einen dämlicheren Namen hätte ich mir nicht ausdenken können. Eduard tanzte einst mit der Countess of Salisbury, seiner Geliebten.

Diese Geliebte namens Catherine Grandison verlor beim Tanz ihr blaues Strumpfband. Eduard, der Gentleman, überspielte die peinliche Situation, in dem er das Band aufhob, sich um das Bein band und zu der Gesellschaft sagte: »Honi soit quit mal y pense«.

»Ein Schuft, wer böses dabei denkt«, ist die Übersetzung, wenn man bedenkt das, dass das eigentliche Wort Schelm damals deutlich negativer als heute gemeint war. Aliana und ich haben uns an dem Abend köstlich amüsiert. Meine Fürstin hatte ihm damals über die Gesellschaft hinweg mit süffisanten Ton als Antwort zugerufen: »Böses dem, der Böses denkt!«

Beide Sätze gingen in die Geschichte der Sinnsprüche ein, noch dazu mit ihrer deutlichen Anspielung auf König Eduard von Englands Anspruch auf den französischen Thron. Eduards wurde noch dazu zur Devise des Hosenbandordens, den er nach dem Vorfall so nannte.

Zu den ersten Ordensritter gehörte Eduards Sohn, der schwarze Prinz, wie er genannt wurde. Der Hosenbandorden ist gemeinsam mit dem schottischen Distelorden der hochgestellteste Orden Englands und soll in Nacheiferung König Artus' Tafelrunde die wertvollsten Reichsritter an den König binden.

Selbst die Premierminister des heutigen Englands sind teilweise Ritter dieses Ordens. Auch handelte es sich bei den Rittern des Hosenbandes um eine der wenigen solchen Gemeinschaften, in denen Frauen Mitglied werden konnten.

Eduard nahm seine Frau und seine Tochter auf. Aliana wurde im 14. Jahrhundert Mitglied des Hosenbandordens, »Lady of the Order of the Garter«.

Was nicht bedeuten sollte, dass alle Mitglieder von ihrer Art erfuhren. Über den Hosenbandorden lenken wir noch heute die Geschicke des britischen Reiches. Mit der Affäre um das Grim Noir wurde dieses Bündnis beinah auf ewig zerrissen, aber dazu arbeite ich an anderen Aufzeichnungen.

Marketas Ritual sollte die Einheit der Vampire des Hauses nach dem Zusammenschluss sichern, jetzt als die Einheit auch dank der englischen Ritter wieder hergestellt war. Vielleicht hatten die Erfahrungen der Ritter im unbekannten Land hier mit zu der späteren Koloalisierungspolitk und dem darauf folgenden Imperialismus geführt.

Bereits weit vor dem Ziel traf uns die Aura der Viktoriafälle. Die Einheimischen nannten sie Mosi-oa-Tunya, den europäischen Namen erhielten sie erst 1855 durch den schottischen Missionar David Livingstone, der sie als erster Europäer entdeckte. Ja, so ist das mit der Geschichtsschreibung. Uns hatte niemand gefragt. Livingstone ehrte mit dem Namen seine britische Königin Victoria – das zum Thema Schotte. Ihr haben wir das Viktorianische Zeitalter, beziehungsweise dessen Namen zu verdanken.

Die Aura war wässriger Sprühnebel, der in dem gigantischen Umkreis von dreißig Kilometern um die Fälle das Klima des Urwaldes prägte. Alles hier lebte durch diesen Wasserrauch. Kein anderer Wasserfall der Erde stürzt ohne Unterbrechung dermaßen ausgeweitet in einer Front hinunter. Das Wasser fällt in einer Breite von über 1700 Metern in über hundert Meter Tiefe eine schroffe Felswand entlang. Der einheimische Name prägt die Fälle weit mehr, als der spätere europäische, denn seine Bedeutung ist donnernder Rauch.

Ngola trat uns wie ein Schamane gekleidet durch den Nebel entgegen. Wir standen an einem extra abgeholzten Versammlungsort am oberen Lauf der Viktoriafälle. Der Fürst wirkte genauso edel und fremdartig wie damals bei der Versammlung der Dunkelheit in Drăculeas Herrschaftssitz zu Târgovişte, wo ich den afrikanischen Fürsten zum ersten Mal gesehen hatte. Damals hatte er mich kaum zur Kenntnis genommen. Heute bei unserem zweiten Treffen musterte er mich aufmerksamer. Ich denke, ihm war bewusst, dass Aliana und Imhotep hierher Gesandte schickten, denen sie mehr als nur vertrauten.

Und einen Menschen nach Jahrhunderten immer noch lebend anzutreffen war auch für Vampire eine seltene Erfahrung.

Die Zeremonie begann nach einer knappen Begrüßung, in welcher der Fürst sich mit unverständlichen Worten an uns wandte. Marketa als Prinzessin richtete ihm die Grüße des Hauses Baphomet und des Hauses Imhotep aus, und es wurde keine weitere Zeit an diesem Abend verschwendet. Die Sonne hatte sich erst vor einer Stunde verabschiedet, aber der Vollmond leuchtete hell, als wollten die Titanen im Himmel nichts von all dem aufgrund schlechten Lichtes verpassen.

Marketa traf ihre Vorbereitungen. Sie spritzte dabei einiges an ihrem Blut und fremdes an die den Platz umgebenden Bäume. Im Zuge der danach stattfindenden Zeremonie traten alle Mitglieder der afrikanischen Häuser vor ihren Fürsten und knieten nieder. Trommeln und afrikanischer Gesang putschte die Gemüter auf. Ich fühlte mich wie in Ekstase versetzt, sicherlich ein Teil der Magie der Vampirschamanen. Es fühlte sich teils wie eine Liebesnacht mit Aliana an, ich konnte ihre Berührung im Klang der Musik erahnen, ihre Nägel förmlich über meine Haut fahren spüren.

Ich konnte nicht erkennen, wer zu den besiegten Rebellen und wer zu den Getreuen Ngolas gehörte. Aber es gab auch keinen Unterschied, keine Ausnahme. Sie alle wurden mit Marketas Blut gesegnet, das sie ihnen mit einem Finger auf die Stirn zeichnete, während sie dabei murmelte. Marketa sah hier im Dunklen, beschienen von Feuer und Mond und benässt von den im Nebel schwebenden Wassertröpfchen der Fälle des Donnernden Rauchs, aus, wie an dem Abend, als ich sie noch als Mensch erlebt hatte. Ihre erotische Ausstrahlung schlug mich beinah nieder, oder war es der Zauber des afrikanischen Hauses? Der Nebel setzte sich zum Schweiß auf meinem erhitzten Körper, und ich fühlte mich von ihm zu ihr hingezogen. Ihr Anblick in der leichten Kleidung, passend zu dem, was in diesem heißen Land getragen wurde, löste Gefühle in mir aus. Ich wollte wieder ihren brennenden Körper auf mir spüren, in ihren grünen Augen versinken. Sie blickte zu mir herüber. Ein anzügliches Lächeln entstand auf ihren Lippen.

Erst nachdem sie von Marketa derart gezeichnet waren, boten die Vampire Ngola ihren Hals dar, der seine Fänge gierig in ihre Ader am Hals gleiten ließ. Nach jeweils einem Schluck leckte er mit der Zunge Marketas Blut von der Stirn. Sie alle wurden dadurch zur Treue gezwungen, hatte mir Marketa erklärt. Oder das Siedende Blut drohte ihnen.

Der letzte Vampir trat nicht freiwillig vor Ngola. Er wurde von zwei anderen brutal hergeschleift und schien trotz

Kraftlosigkeit dagegen anzukämpfen. Marketas Blut spielte bei diesem letzten keine Rolle. Grob riss Ngola ihn aus dem Griff seiner Wächter und stieß seine Zähne unnachgiebig in das Fleisch dieses Vampirs. Er war der Führer der geschlagenen Rebellen. Ngola nahm sein Blut unnachgiebig an sich, ihm selbst den letzten Wahren Tropfen grausig entreißend.

Die getreuen Vampire Ngolas hatten ihn im Vorfeld extra lange geschwächt, damit Ngola keine Gefahr einging, dass der Wahre Tropfen seines Gegners Überhand gewann. Das Haus Sambesi und Nubien war wieder vereint und stärker denn je in Treue und Loyalität gefangen. Wir hatten die Pflicht unseres Besuches erfüllt: Das Ritual des Eides.

UNGEZÄHMTE UNSCHULD

Es ging fließend in einen Tanz aller zwischen den aufgestellten Fackeln und zu dem Trommeln über. Ekstatisch zuckte der Körper zu den wirbelnden Takten der Musik, das Feuer brannte in mir, das Wasser brannte auf meiner Haut und die Luft verließ mich, sie war nicht bereit mich zu kühlen. Selbst die Erde unter meinen nackten Füßen brannte. Ich brannte. Marketa zog mich zu sich, meine blauen Augen fielen in ihre grünen Smaragde und nur die heiße Kühle ihres Körpers konnte mir Linderung schenken.

Ich erinnerte mich daran, ihre Unschuld gestohlen zu haben. Marketa war seitdem in ihrer Ungezähmtheit ein wildes Tier, welches niemand zu bändigen vermochte. Sie spielte mit ihren Opfern und – wann immer sie konnte – mit meinen Gefühlen.

Sie legte mich auf den Boden, setzte sich auf mich, ihr zuckender Leib nahm mich auf. Sich zu mir hinab beugend schenkte sie mir aufputschende Küsse, ihre Zunge liebkoste die meine. Dann richtete sie sich kniend auf mir wieder auf, drückte ihren Oberkörper nach vorne, so dass ich genau den zuckenden Flammenschein auf ihren Brüsten verfolgen konnte. Ihr makelloser unsterblicher Körper bewegte sich in einem undurchschaubaren und unregelmäßigen Rhythmus mal sehr sanft und langsam als auch schnell und wild peitschend auf mir.

Die Erde des Bodens griff nach mir, das Feuer wärmte mich bis an die Grenzen des Ertragbaren, die Luft toste um uns herum, ohne Linderung der Hitze, aber das Feuer weiter anschürend, das Wasser glänzte auf ihrer Leibesfrucht.

Die Elemente selbst vereinten sich um uns, während sich die Vampirprinzessin Marketa, meiner Fürstin Blutstochter, mit mir vereinte. Und lediglich für Aliana selbst hätte ich darauf verzichtet.

RITUAL DER NACHT

Ngola entließ uns später förmlich und bedankte sich vielfach für die Unterstützung der beiden Häuser, die wir vertreten hatten. Sein Getreue Samura geleitete uns erneut zurück Richtung Meer. Erst eine Nachtreise vor dem Ankerort unseres Schiffes mussten wir auf unseren afrikanischen Schutz verzichten.

In der Helligkeit des Tages lagerten wir wie gewohnt wegen Marketa. Mein Herz pochte jedesmal, wenn ich die anmutigen Bewegungen ihres fast nackten Körpers betrachtete. Die Templer übernahmen die Wache, diese verstoßenen Ordensritter trauten mir dies nicht zu. Warum beschweren, wenn man in Ruhe schlafen kann? Von den Träumen abgesehen.

Ich wurde nicht geweckt, zumindest nicht von Marketa und nicht von den Templern. Dennoch schreckte ich aus dem wenig erholsamen Schlaf hoch. Nervös suchten meine Augen die Umgebung ab, denn es war bereits dunkel. Lange Jahre sollte ich mich an das Folgende nicht erinnern und denken, ich hätte einfach bis zum Weitergang der Reise durchgeschlafen. Und lange Jahre in unserer Welt sind wahrlich viele Jahre.

Ich sah schlafende Templer, alle acht. Hielt Marketa etwa Wache? Der Gedanke an sie erregte mich erneut, aber mir gelang es die Kontrolle zu wahren. Warum sollten wir zu einer Zeit der Dunkelheit ruhen, in der wir längst auf dem Weg zum Schiff sein sollten. Der Wind zog mich in eine Richtung fern vom Lager. Ich erhob mich und fühlte mich merkwürdig kraftlos.

Meine Beine zogen mich weg in die Bäume, es war, als würde mich die Erde unter meinen Füßen nur dorthin gehen lassen. Ich versuchte etwas zu erkennen oder aus der Vielfalt an Geräuschen zu lernen, aber ich konnte kaum klar denken. Doch ich ging weiter in die fremde Welt, die ich mit getrübtem Blick wahrnahm. Wasser tröpfelte von den Bäumen, wie um mich freundlich zu ermutigen, weiterzugehen.

Eine dunkle Gestalt stand in der Ferne, sie hob sich von den Bäumen ab. Marketa. Ich wollte dringend zu ihr, mich in ihre Arme legen, ihren Schutz und ihre Leidenschaft suchen. Ich lief genau in ihre Richtung. Oder nicht? Ich wusste nicht, wohin ich lief. Ich schien im Kreis zu torkeln, dennoch näherte ich mich der Gestalt.

Es war nicht Marketa. Größer, maskuliner. Ich wollte nach meinem Dolch greifen, aber dann verstand ich, dass keine Gefahr drohte. Die Luft flüsterte es, als sie mich schützen umfuhr. Die Erde flüsterte es, als sie mir sicheren Halt bot. Bedrohlich zog mich ein düsterer Bann hinüber. Aber alles war friedlich, alles war harmlos. Es drohte keine Gefahr, hämmerte es in meinem Kopf.

Plötzlich sah ich Marketa, ihre grünen Augen strahlten feurig in der Dunkelheit zu mir. Sie stand neben der Gestalt und zwischen uns. Der Fremde überragte sie ein ganzes Stück, eine dunkle Silhouette ohne erkennbare Einzelheiten. Marketas Stimme schmeichelte sich sanft in mein höriges Ohr.

»Edler Fürst, Euer treuer Diener erbittet Euch zu sprechen.«

Ich musste kämpfen, um ihre Worte in meinem Kopf zu vernehmen. Ich riss alle Energie, die ich finden konnte, beisammen, und es gelangt mir, einige Worte aus dem Mund zu stoßen.

»Mich... Ich... bin kein Fürst.«

Einige Sekunden verstrichen, mein Körper fühlte sich wie in einer mir Leiden zufügenden Presse. Bald würde ich die Kontrolle über ihn verlieren, oder hatte ich das bereits? Schließlich sprach eine dunkle Stimme zu Marketa.

»Er kämpft noch.«

Marketa erwiderte mit energischem Ton der Gestalt neben ihr: »Er wird bald nachgeben, Fürst der Verlorenen.«

»Ja, dass wird er. Umsonst haben wir diesen Krieg hier nicht angezettelt.«

Der Arm der Gestalt schob sich wie ein düsterer Vorbote über Marketa hinweg, und er berührte mich am Kopf.

»Jetzt sprecht mit Eurem Naciron, Blutmeisterin.«

Reinste Schwärze umgab mich. Es war, als hätte ich meinen Körper gegen das Nichts getauscht und befand mich jetzt an diesem anderen, nicht existierenden Ort.

Ich sah nichts mehr. Aber ich spürte angenehme kühle Arme, die mich beschützend umschlossen, und eine besonders sanft erklingende Stimme an meinem Ohr.

»Nicht mit Dir, Hilo. Der Fürst der Elemente will mit Kain reden.«

Kain? Was sagte mir dieser Name, dachte ich in dem Augenblick. Dann siegte die Macht der begnadeten Blutmeisterin.

Abrupt konnte ich sehen, trotz der Fülle der Nacht. Ich sah den Kreis aus Blut in dem ich stand. Wie eine Kette aus Lichtern prallte er in meine geschundenen Augen. Ich sah sogar, dass mein Gesicht mit Blut bestrichen war, meine Wangen, meine Stirn. Ich sah, wie Marketa, mich liebkosend, hinter mir stand. Ich sah meinen nackten Körper, und die Linien aus Lebenssaft auf meinem Rücken. Im Hintergrund acht schlafende Templer mit einem roten Tropfen auf der Stirn. All dies konnte ich erkennen, weil ich meinen Körper verlassen hatte. Einem anderen gehörte mein Körper für diese Zeit.

Als die Erinnerung in einem späteren Jahrhundert wiederkommen sollte, kam sie nur bis zu dieser Stelle. Sie kam wie ein Traum, aus dem ich schweißgebadet aufwachte.

HEIMKEHR

Die Besiedelung der Westfeste durch Angehörige unserer Häuser war in vollem Gange, als wir wieder in Europa eintrafen. Erste Schiffe des Hauses Imhotep waren bereits von Portugal ausgelaufen, als wir in Venedig meine Göttin Aliana wieder trafen. Ich sah in ihre Augen und fühlte mich zu Hause. An ihrer Seite war selbst ich ein Gott.

Ihre großen dunklen Pupillen mit den feinen grünen Rändern, geziert von den langen eleganten Wimpern und den perfekten Augenbrauen – das Tor zu meiner Göttin. Diese Augen hatten niemals verraten, was sich dahinter an Gedanken versteckte.

Diese Augen, die stets wie ein Spiegel auf mich wirkten, waren auch ein Versteck in dem ich Halt und Schutz fand. Alianas Leibgarde sicherte meine Fürstin, als wir am Hafen Venedigs empfangen wurden. Vor der Tochter ihrer Fürstin , der Prinzessin des Hauses Baphomet, verneigten sich die Ritter mit stoischer Miene. So ernst, wie diese Ritter des längst offiziell aufgelösten Ordens schauten, waren sie jederzeit bereit, die Hafenarbeiter abzuschlachten, falls diese ein Werkzeug falsch hielten.

Zwischen unseren Begleitern und den Mitgliedern von Alianas Garde gab es lediglich einen kurzen Blickkontakt der darauf hindeutete, dass die Kameraden das nächtliche Wiedersehen zur Kenntnis nahmen. Das Protokoll verlief beinahe automatisch.

»Willkommen mein treuer Begleiter. Der Hof der Nacht erwartet Euch«, sprach sie mich an. Ich freute mich sie wiederzusehen.

Ihr emotionsloser Gesichtsausdruck verriet nichts. Doch das war mir nicht neu, sondern gehörte zu dem heimatlichen Gefühl, dass sich in mir in Alianas Nähe ausbreite. Ihre strengen Gesichtszüge, die dichten schwarzen Augenbrauen, die kein Künstler gegen bessere Akzente neben ihren Augen hätte austauschen können, dies bildete das Gesicht meiner Göttin. Eingefasst in rabenschwarze Haare.

»Meine Fürstin.«

Ich nickte ihr respektvoll zu und übte mich in ihr ebenbürtiger gespielter Gefühllosigkeit. Allerdings umspielte ein Anflug von Lächeln meine Lippen. Ich war einfach zu sehr Mensch – weniger Templer, noch weniger Vampir.

Marketa war in der Order des Protokolls vor mir, doch hatte sie mir freundlicherweise den Vortritt gelassen. Jetzt trat sie anmutig vor und küsste ihrer Mutter ehrerbietig die Hand. Aliana erfasste das Gesicht ihrer Blutstochter zärtlich an den Wangen und führte die eigenen roten Lippen sanft auf Marketas Stirn. So nah beieinander konnte man deutlich sehen, dass Alianas Haut eine Spur dunkler war, als die Marketas.

Dem Protokoll war genüge getan.

Es wurde schwarz, ich spürte eine feste Umarmung und wurde kraftvoll an Alianas Leib gezogen. Ich spürte das harte Leder ihrer Kleidung und die mich betörende Geruchsmischung aus ihrem eigenen geliebten Duft, ihrem Parfum und des Leders. Ich glitt in ihre Arme und schloss sie meinerseits fest in die meinen.

In ihrer Heimat der Dunkelheit fand sie ohne Umschweife meine Lippen, und wir genossen den Kuss nach aus Menschensicht zu langer Zeit meiner Abwesenheit. Unsere Zungen umtanzten sich in einem freudigen Wiedersehen, ich erfühlte dabei die Spitzen ihre Vampirzähne. Wie sehr habe ich diese Göttin an meiner Seite vermisst. Seit unserer Zeit in Rumänien schenkten wir uns solche Momente. Ich hoffte immer noch, dass sie es nicht nur tat, weil sie wusste, dass ich dies benötigte.

Die vom Mond gespendete Helligkeit vertrieb die Dunkelheit, als Aliana den Mantel des Schattens aufhob. Wir standen wieder getrennt voneinander, als wäre dieser Teil der Begrüßung nie geschehen. Immerhin sah das Protokoll dies auch nicht vor.

Mit kühler Miene drehte sich Aliana um und schritt voran. Marketa und ich folgten ihrem schnellen Gang in die Stadt Venedig.

»Wir haben noch eine Audienz beim Dogen«, erklärte sie ihre raschen Schritte.

»Hat Gritti soviel Interesse daran, wie es um Fürst Ngola steht?«, fragte ich schmunzelnd.

Leise klirrten die verdeckten Rüstungen der Templer unter ihren Umhängen hinter uns. Sehr dezent.

»Nein, Gritti interessiert vielmehr, wie Du ihm Mosi-oa-Tunya beschreibst. Xe stà parlà de ti.«

Es war über mich gesprochen worden. Interessant zu wissen, dass aus den Augen aus dem Sinn nicht für meine Person galt.

»Oh, Ihr habt über mich gesprochen? Hat dem ehrenhaften Dogen Deine Beschreibung der Wasserfälle etwa nicht gefallen?«

Ich spielte darauf an, dass Aliana selbst einmal bei den Viktoriafällen gewesen war, als sie vor Jahren Fürst Ngola besucht hatte. Damals war sie mit Gideon gereist und ich war in London geblieben.

»Eventuell war sie nicht«, sie warf mir einen scharfen Seitenblick zu und biss sich dabei kurz auf die wunderschönen roten Lippen, »emotional genug.«

DIE REPUBLIK VENEDIG IN ITALIEN

Gritti war ein guter Freund. Der 77. Doge der Republik Venedig hatte sich vor seiner Herrschaft im Militärdienst verdient und war nach der Schlacht von Agnadello, als die Liga von Cambrai gegen Venedig siegte, sogar zum Heerführer ernannt worden. Der spätere Doge Gritti besaß sogar den Oberbefehl über Venedigs Armeen bei der Verteidigung der Republik gegen Frankreich. Gritti hatte in seinen unterschiedlichen Rollen mit uns eine wechselhafte Zeitspanne der Politik durchstanden. Die gemeinsamen Erlebnisse verbanden uns.

Aliana erzählte uns von den neuen spannenden politischen Entwicklungen in Europa, doch ich war in Gedanken mit unserer Historie mit Gritti beschäftigt.

Die Liga von Cambrai hatte uns damals eine für uns kurze Zeitspanne lange Nächte beschert, denn sie stand für eine starke Kirche, was meist für die Wesen der Dunkelheit eine Gefahr darstellte. Sie war ein Zusammenschluss der Könige von Frankreich, Aragonien, Ungarn und England, dem Kaiser des Heiligen Römischen Reiches Deutscher Nationen, und des Papstes aus dem Jahre 1508. Angeblich gegründet um einen Vormarsch gegen die Türken auszuführen, wollten sie eigentlich die Republik Venedig vernichten.

Doch Venedig gelang es in den folgenden zwei Jahren zu überleben und letztlich Frieden mit dem Papst und dem Kaiser zu schließen. Das Ende der Liga von Cambrai war der Beginn der Heiligen Liga. Denn jetzt schloss Venedig mit dem Papst, dem Kaiser und dem König von Aragonien einen Pakt gegen Frankreich, da sich gezeigt hatte, dass der französische König statt Venedig in Italien zu mächtig geworden war. Auch England unter Heinrich dem VIII. schloss sich an. Schnell werden aus Verbündeten Feinde, eine menschliche Angewohnheit. Dies mehr als verinnerlicht, wechselte Venedig rasch wieder die Seiten, im Jahre 1513 unterstützten sie plötzlich Frankreich gegen die Heilige Liga.

»Hattet Ihr beiden Spaß?«, fragte Aliana plötzlich mit einem ausdruckslosen Blick – oder war er anzüglich?

Ich wurde zusehends nervös, nachdem ich kurz zu Marketa hinübergesehen hatte.

Marketa tänzelte verspielt ein wenig auf dem Weg. Sie grinste ihre Fürstin an: »Oh ja, mit Naciron kann man viel Spaß haben.«

Der rasche Bündniswechsel war auch das Jahr des Endes dieser zweiten Liga, nachdem Papst Julius II. verstorben war. Dieser Papst, der wegen seiner Skrupellosigkeit von Martin Luther als »Blutsäufer« bezeichnet wurde, hatte zu seinem eigenen Schutz die Schweizergarde ins Leben gerufen, die seit 1506 über ihn wachte. Julius II. verstand Gefahren einzuschätzen.

Julius II. war ein militanter Papst und hatte das Ziel Italien unter Herrschaft der Kirche zu vereinen. Gegen Widersacher trat er mit harter Hand an und führte in seiner kirchlichen Laufbahn Heere der Kurie selbst in Kämpfe. Er war eher Feldherr als Geistlicher.

Er beauftragte auch den Neubau des Petersdoms und ließ leider viele Gebäude in Rom durch seinen Architekten Bramante vernichten, um eigene Visionen umzusetzen. Er musste in einer Februarnacht eines »natürlichen« Todes sterben, vor den ihn die Schweizergardisten nicht bewahren konnten.

Aliana sah mir in die Augen und zwinkerte. Dann bemerkte meine ägyptische Schönheit zu Marketa: »Wir können auch jederzeit zu dritt Spaß haben.«

Ich konzentrierte mich auf meine Gedanken an die Geschichtsschreibung, um nicht knallrot im Gesicht anzulaufen. Besser gesagt, um nicht zu bemerken, dass ich mein Blut bereits eifrig in meinen Wangen pulsierte. Ich würde in den Jahren lernen, dass die zwei Blutsverwandten keine Geheimnisse solcher Art untereinander hatten.

In der jetzigen Geschichtsschreibung gab es nur zwei Phasen, in denen die Schweizergarde gezwungen war, ihren Dienst zweitwillig einzustellen. Ihre Mitglieder waren seit Anbeginn treue Verteidiger des jeweiligen Stellvertreters Jesu auf Erden. Das Augsburger Fugger-Geschlecht bezahlte damals für die Gründung.

Deren Geschlecht teilt sich übrigens in zwei Linien, die Fugger vom Reh und die von der Lilie. Nicht ohne Grund trug die letztere Linie die gleiche Bezeichnung, die auch Aliana inne hatte. Die Lilie, die Blüte, aber auch der metallene Samen in der Alchemie, der zur Erzeugung des Steins des Weisen unbedingt notwendig ist. Irgendwie verfing sich selbst die Kirche in unserem schwarzen Netz. In der Dunkelheit ist alles verwebt.

Die Schweizergarde konnte ihn nicht schützen. Wie auch, wenn der natürliche Tod in völliger Dunkelheit gleitet und spitze Reißzähne besitzt. Und wenn auch die Führung der Gardisten in der Schuld der Nacht steht.

Es war an der Zeit, dass in Italien endlich Frieden einkehrte. Der Hof der Nacht konnte eine derartige von

Julius II. angestrebte weltliche Kirchenmacht nicht mehr dulden.

Gritti hatte Venedig durch diese schwierigen Zeiten begleitet, bevor er Doge wurde. In diesen Kriegen hatten wir auch den Kontakt zu ihm aufgebaut. Aufgrund unserer Unterstützung, die zwar keinen Sieg brachte, aber den Frieden, war er uns wohl gesonnen. Wir hatten ihm den Weg an die Spitze der Republik Venedig geebnet. 1523 war Andrea Gritti zum Dogen gewählt worden und beendete im selben Jahr Venedigs Teilnahme an den italienischen Kriegen. Er war ein gebildeter und freundlicher Mensch. Das Ergebnis der bisherigen Geschichte Venedigs.

DIE NEUE MACHTLINIE

Wir hatten uns mit Gritti früher zuerst auf französisch unterhalten. Ein wenig erinnerte er mich damals in den französischen Gesprächen an meinen ersten – und vielleicht einzigen echten Freund Guillaume. Ich hörte gerne Grittis Geschichten über seine Zeit in Konstantinopel. Mittlerweile redeten Aliana und ich in seiner Landessprache.

»Ah, Naciron, es freut mich Euch zu sehen.«

Ich verneigte mich vor dem Dogen in dessen prachtvollem Adelspalast. Der Doge sprach venesiàn. Das Venezianisch ist eine westromanische Sprache, die aber derart unterschiedlich zum Italienischen ist, dass man sie kaum verwechselt und sie eher spanische und französische Merkmale aufweist.

Es handelte sich um das neue Venezianisch, dass hier gesprochen wurde, nicht die alte Variante aus der Antike, welche alle romanischen Sprachen beeinflusst hat. Aliana und ich beherrschten das Vokabular und die Grammatik gut. Immerhin liebten wir die Seerepublik und genossen es, mit seinen Bewohnern zu sprechen.

Venedig besteht aus über 100 Inseln, Kanäle durchziehen die Stadt. Wir waren in einer Barke zum Dogenpalast über das Wasser geglitten. Der Palast lag am Piazza San Marco, dem Markusplatz. Jede Insel der Lagunenstadt hat einen bestimmten Platz als lokales Zentrum.

Die anderen Plätze werden meist als Campi bezeichnet, der Markusplatz hieß Piazza, weil er auch damals bereits gepflastert war. Dank der Piazetta ragte der Platz direkt bis an den Dogenpalast. Da sich der Piazza San Marco zum Wasser hin öffnet, hatte man hier einen phantastischen Blick auf den Canal Grande. Bei Hochwasser bekam man hier feuchte Stiefel, und Alianas Art konnte den Platz dann nicht betreten. Heute hatten wir Glück mit dem Wetter. Bei einer unserer Besuche in Venedig hatte ich Aliana gefragt, ob es für die Vampire nicht problematisch war, dass Venedig über Gewässer gebaut war. Sie hatte erwidert: »Ich ignoriere das.«

Ich hatte damals die ganze lange Nacht benötigt zu entschlüsseln, dass sie gescherzt hatte. Zu meiner Ehrenrettung muss man sagen, dass sie nicht sonderlich oft scherzte. Die Wahrheit war, dass das tote Sumpfgewässer keine Wirkung auf sie hatte.

Der Palast selbst war ein Profanbau der Gothik, also ein weltliches Gebäude im Gegensatz zur Markuskirche. In dieser Form wurde der Bau im Jahre 1340 begonnen. Die später hinzukommende Seufzerbrücke gab es bei unserem damaligen Besuch noch nicht, aber einen großen Teil der heutigen Architektur des Gesamtwerkes konnte ich früher schon sehen.

Auch »Das Paradies«, eines der größten Ölgemälde der Kunstgeschichte, zierte noch nicht die Wand des weitläufigsten Raumes des Dogenpalastes. Heute Nacht konnte ich noch die früheren Bilder betrachten, von denen mir besonders Bellinis sehr gefiel. Ich verharrte kurz, um es einmal mehr zu bewundern. Aber diese Bilder würde in einigen Jahren leider ein Brand vernichten.

In diesem Saal des großen Rates, von dem man eine wunderbare Sicht auf die Lagune hat, versammelten sich über 1000 venezianische Adelige, wann immer der Doge von ihnen gewählt wurde. Dieser Raum entsprach damit einem Grundstein der venezianischen Republik. Hier wurde Politik gewirkt. Aliana bemerkte den Prunk an den Decken nicht einmal.

Wir folgten dem Dogen, der uns freundlicherweise selbst bei unseren geheimen Ankunft in Empfang genommen hatte, und zu seinen halbwegs schlichten Privatgemächern führte. Gritti war wunderbar informell.

Wir erklommen auch die berühmte Treppe Scala dei Giganti und erreichten die persönlichen Räume des Dogen. Hier durften wir bei frisch duftenden Getränken Platz nehmen. Ich vermisste bereits das heiße afrikanische Bohnengetränk.

In Abwesenheit anderer Störenfriede – Alianas Garde mit Marketa wartete außerhalb der Gemächer, und der Doge hatte auf Diener verzichtet – hielt ich Alianas Hand. Die Nähe zu ihr machte mich glücklich. Sie warf mir einen bezaubernden Blick zu und schenkte mir ihr Lächeln.

Gritti wandte sich an mich und hatte seinen üblichen wissbegierigen Blick.

»Ich höre tagein tagaus Berichte aus der Westfeste, aber was interessiert mich dieses Land, in dem die Sonne untergeht. Beschreibt mir lieber, was dort geschieht, wo die Sonne derart hoch steht, werter Freund Naciron.«

Ich zwinkerte Aliana gut gelaunt zu und begann mit meiner Geschichte über Afrika. Meine Göttin hörte mir ebenfalls aufmerksam zu. Zwar interessierte sie sich nicht für meine ausschweifenden Landschaftsbeschreibungen – der Doge hing gebannt an meinen Lippen – aber alles über die Zeremonie wollte sie im Detail erläutert bekommen. Andrea Gritti war ein Freund, ich brauchte vor ihm nichts auslassen.

Als Doge ware Gritti war im venezianischen Adel nicht sonderlich beliebt, da er plante eine Ausbildung für Richter zu fordern. Da lediglich Adlige diese mächtigen Ämter ausführen durften, und sich gerade die verarmte Adelsschicht diese kostspielige Ausbildung nicht leisten konnte, schränkte dies ihre Sympathien ihm gegenüber stark ein. Auf uns wirkte er dank seiner Ziele erst recht charismatisch. Er war sich unserer Hilfe sicher und wir seiner.

Nach der Hälfte der Nacht war beider Informationsgesuche Genüge getan. Jetzt war ich an der Reihe, Fragen zu stellen. Ich brannte darauf, Neuigkeiten über die neuen Länder zu erfahren. 1492 war Amerika entdeckt worden. Alle nannten es Westfeste.

Es war das große Land westlich Europas. Seinen späteren Namen spendete der deutsche Kartograph Martin Waldseemüller auf einer von ihm erstellten Weltkarte. Es war eine Widmung an den Seefahrer Amerigo Vespucci, der als erster bemerkte, dass es sich bei der neuen Welt nicht um Asien beziehungsweise Indien handelte. Zeitweise galt Vespucci, der im Dienste der berühmten Bankiersfamilie der Medici stand, in Konkurrenz zu Christoph Kolumbus als Entdecker Amerikas.

Templer und Blutmeister befanden sich schon auf der anderen Seite des Atlantik, um unser Haus zu vertreten. Gemeinsam mit den früheren Erkundern aus dem Hause Imhotep richteten sie erste Stellungen für die beiden Häuser ein. Andere Häuser würden sicher in den nächsten Jahren folgen. Aber nur wenige der Vampirhäuser hatten die Kraft und die Ressourcen, eine solche Expedition erfolgreich durchzuführen.

Gritti als Doge der Seerepublik sorgte dafür, dass unserem Haus genug Schiffe zur Verfügung standen.

Aliana gab uns die Berichte der Expedition Westfeste von den ersten zurückgekehrten Boten Baphomets, und wir lauschten aufmerksam.

Urwälder, eine verwirrende Zivilisation von Bewohnern, die gar nicht denen der alten Welt ähnelten, und unbekannte Tiere warteten auf die ersten Erkunder. Es gab zahlreiche Probleme und Gefahren, denen die ersten Kolonisten ausgesetzt waren. Bis jetzt war der Bericht spannend, er ähnelte aber auch dem, was ich über Afrika gesagt hatte. Nur im Detail gab es Unterschiede. Aber all das verlor für mich an Reiz, als Aliana die Heilenden Hände erwähnte.

DIE HEILENDEN HÄNDE

In der neuen Welt, dem letzten Land westlich Europas vor dem Stillen Ozean, wie der Pazifik auch genannt wurde, existierten Wesen wie Menschen, welche den Tag fürchteten, in Dunkelheit lebten, und die Blut als Nahrung trinken mussten. Ein Geistlenker des Hauses Baphomet aus der Expedition Westfeste hatte sie zufällig auf Erkundungsreisen mit seinen Sinnen wahrgenommen. Falls man den Zufall als Option in der Welt der Nacht anerkannte.

Es gab somit Vampire in der fernen Welt, und sie ordneten sich wie die menschlichen Ureinwohner selbst in Stämmen. Wir wussten bereits, woher sie stammten, denn sie waren vor nicht langer Zeit erschaffen worden. Dieser Stamm der Dunkelheit war unter den Azteken geboren, keine hundert Jahre vor der Entdeckung der Westfeste.

Die neuen Vampire sprachen Nahuatl, die Sprache der Azteken und aller späteren mexikanischen Ureinwohner. Die mächtige Hochkultur der Azteken hatte große Bereiche der für uns neuen Welt beherrscht, doch war sie vor wenigen Jahren von den spanischen Eroberern im Zuge der ersten Kolonialisierung besiegt und versklavt worden.

Selbst nannten sich die Azteken Mexica, denn das Tal von Mexiko war der zentrale Punkt ihres Herrschaftsbereiches. Ursprünglich stammten die Mexica aus Aztlán und waren von ihrem Gott Huitzilopochtli in das spätere Mexiko geführt worden. An einer Stelle, an der ein Adler auf einem Kaktus sitzend eine Schlange frass, was sie als göttliches Zeichen erkannten, ließen sie sich nieder und gründeten im frühen 14. Jahrhundert die Stadt Tenochtitlán als neuen

Ausgangspunkt ihrer aufstrebenden Kultur. Später bildete Tenochtitlán und zwei weitere Städte die Basis des aztekischen Reiches, dessen Einwohner sich strikt in die Stände des Adels, der Händler, der Handwerker und Bauern und der Sklavenschaft einzugliedern hatten.

Die Mexica vergrößerten ihre Herrschaft mit wohl überlegten strategischen Heiraten und erfolgreichen Kriegszügen. Siege wurden für Tributforderungen genutzt, die eigentliche Kultur der Mexica wurden den besiegten nicht aufgedrängt. Moctezuma II. herrschte über die Mexica, als die Spanier unter dem Feldherrn Cortés ihren Untergang einleiteten.

Dabei half den Eroberern, dass die Mexica von ihren Nachbarn gefürchtet und gehasst wurden. Cuauhtémoc war kurz danach der letzte Herrscher der Azteken, eine reine Theaterpuppe der Konquistatoren. Der Arme wurde 1525 hingerichtet.

Erschreckend war nicht, dass es jenseits des Atlantiks neue Vampire gab, zu lange lebte ich in der Nacht, als das ich mich vor ihnen ängstigte.

Jeder Vampir hat seine Kraft, seine Machtlinie. Sie charakterisiert seine Art. Aliana war eine Schattengängerin, ihr Bruder Gideon ein Geistlenker. Die meisten Mitglieder meines Hauses waren wie Marketa Blutmeister. Allen von ihnen war die Machtlinie durch das Sakrileg gegeben, welches wie ein Fluch oder Segen über ihnen weilte. Sie hatten mächtige und brutale Kräfte, gefährlich für jeden ihrer Gegner.

Was immer sie Schreckliches als Sakrileg begangen hatten, es verfolgte die Vampire auch in Form der ihnen obliegenden Macht.

Aber dieser neue Stamm von Vampiren war anders. Die ihnen obliegende Kraft verwirrte mich, und erstaunt starrte ich Aliana an, als sie davon sprach. Was bei allem göttlichen, an das Menschen glauben konnten, hatte der Ahn dieser neuen Art nur für eine Tat begangen?

Denn diese Vampire konnten Wunden schließen, Krankheiten vertreiben und Fieber senken. Unsere Expedition der Westfeste nannte sich die Heilenden Hände. Die fremden Vampire wurden von den Ureinwohnern verehrt. Und ich würde sie kennenlernen. Denn unser Schiff sollte bald auslaufen, wie Aliana mir und dem Dogen eröffnete.

CARNEVALE DI VENEZIA

Auf der Piazetta wurden die Feuerwerke veranstaltet. Zahlreiche exotische Tiere wurden in Käfigen ausgestellt, Gaukler vollführten Kunststücke, Jugendliche gaben sich arabischen Tänzen hin.

Ich genoss Hand in Hand mit Aliana insbesondere das Marionettentheater mit seinen – nach damaligen Maßstäben – spannenden Geschichten.

Aliana dürstete es mehr danach, den blutigen Kampf von Hunden gegen einen Bären zu beobachten.

Wir trugen während der Karnevalszeit in Venedig die üblichen Halbmasken. Dies half uns dabei, uns des Nachts frei zu fühlen.

Die Maskenmacher Venedigs gehörten zur Malergilde und verzierten die Masken mit besonderem Sinn für Details. Unsere waren meist schwarz mit goldenen Verzierungen bei Alianas und silbernen auf der meinen.

Ich ließ mir von einer verschleierten Frau die Karten lesen, Aliana versuchte sich erfolgreich im Seiltanz, ich gewann für meine Geliebte einen Blumenstrauß bei der Lotterie.

Später in der Nacht besuchten wir Kostümbälle, aber immer wieder zog es uns hinaus in die Gassen der Stadt. Hier unter dem gemeinen Volk, fern der Regeln der Dunkelheit, besonders unter der Anonymität der Masken, fühlten wir uns wohl.

Am letzten Tag des Karnevals begleitete uns Marketa. Sie trug eine rote Maske mit goldenen Rändern, die den leuchtenden Glanz ihrer Haare unterstrich.

An diesem Fastnachtsdienstag gibt es keine Grenzen mehr

unter den feiernden Menschen. Überall rannten sie in den von Fackeln beschienenen Gassen mit ihren Masken, küssten einander in wildem Reigen um ganz am Ende den Abschluss des Karnevals mit der Verbrennung einer Figur mit der Maske Pantalones – eine bekannte Maske der venezianischen Volkskomödie – bei den Südsäulen der Piazetta zu zelebrieren.

Dann erklangen die Glocken von San Francesco della Vigna im Schlussakkord des Karnevals und läuteten den Beginn der Fastenzeit ein.

So sind wir Menschen. Sollen wir auf etwas verzichten, genießen wir es vorab noch einmal ausschweifend.

HIMMELFAHRT

Betrachte ich Alianas Gesicht, sehe ich in die Pforten des Himmels. Mein Blick folgt jeder Linie, ist gefesselt von ihrer Anmut. Ich verliere mich und entdecke mich neu in ihr. Gern würde ich jeden Moment ihrer Existenz aufnehmen, ihre wunderbaren Gesten festhalten, ausnahmslos alle Formulierungen ihres Mundes bannen.

Um das Alles immer wieder abzuspulen, wann immer ich den Schmerz ertragen muss, dass sie nicht bei mir ist. Denn Teil der Liebe ist es, sich auf ewig nah beim anderen zu wünschen.

So sah ich sie auch in dieser Nacht der neuen Zeit, Anfang des 21. Jahrhunderts. Ihr göttliches Gesicht – das Gesicht eines Geliebten – nahe dem meinem, ein zartes nur für mich bestimmtes Lächeln auf ihren Lippen. Die Liebe erfüllte mein menschliches Herz. Meine Liebe zu ihr, und die ihre zu mir.

Es war die Nacht, in der ich alles verlor, bis auf das, was mich beschützte.

In all meinen vielen Lebensjahren habe ich dichterische Kunst, Minnesänger und schwülstige Liebeszeilen immer für kitschig und unerträglich gehalten. Immer. Außer in den Momenten, wenn ich Aliana dergleich bei mir hatte, wie in diesem Moment.

Wir lagen eng umschlungen in unserem Bett hier in Rom, in der Stadt des Verrats. Immer wieder in der Geschichte wurden hier menschliche Heerführer, Ratsmitglieder, Kaiser und selbst Päpste von Freunden und ihresgleichen hintergangen, und der Tod über sie gebracht.

Die Häuser der Götter der Nacht besaßen viele Berichte darüber, verwahrt in den sicheren Hallen ihrer überall verteilten Bibliotheken, denn viele Verratene waren mit der Dunkelheit gegangen.

Doch nicht immer trafen die Mächte der Dunkelheit ausschließlich Menschen im Ränkespiel. Wie man es aus der Mythologie kennt, führten auch die Götter selbst die Vernichtung über ihre Wesensart herbei. Ein ewig währender Kampf der Titanen.

Ich fühlte mich unsterblich glücklich in Alianas Armen, freundliche Wärme erfüllte meinen Körper aus dem Inneren, ihre Kühle liebkoste meine Haut.

Bis der Schmerz scheinbar mit einem niederprallenden Schlag einsetzte. Meine Hände pressten sich auf meinen Kopf, als brutale Qualen von innen heraus drangen und meine gesamten Muskeln in wilden Zuckungen verfielen. Aliana war sicherlich in einem Bruchteil einer Sekunde aufgesessen, aber ich nahm meine Umwelt nicht wahr. Ich lag in einem brennenden Bett der Pein.

Ohne Vorwarnung verließ mich das Leid, und ich fing mich wieder. Aliana redete besorgt auf mich ein. Vorher hatte ich ihre Wörter nicht vernommen, jetzt gab es weitaus Wichtigeres. Der Schmerz in meinem Kopf hatte seit Jahrhunderten immer nur ein Ziel gehabt: mein Überleben zu sichern.

»Gefahr!«

Noch während ich dies ausrief, explodierte unsere Welt. Die Tür zu unserem Schlafgemach im Herrschaftsanwesen in Rom wurde von außen aufgerissen, Dunkelheit vernichtete das eindringende Licht und den Schein der wenigen Kerzen, die unsere Liebe aus einem Ring um das Bett herum beleuchtet hatten.

Schreie, die abrupt abstarben, zwei Schüsse und das dumpfe Geräusch von fallenden Körpern kam mir zu Ohren. Dann senkte sich Alianas Macht, und der Raum wurde wieder erhellt.

Die Ritterin Yara Fortaleza stand dort neben der sogenannten Speerspitze des Dunklen Arms der Templer. Sinan Abu Gabre-Medhin hatte Panik in seinen Augen. Einen Templer, und noch dazu einen der Krieger der Nachteinheit, so zu erblicken, machte den Ernst der Lage allzu deutlich. Am Boden des Gemachs lagen drei tote Gestalten, ihr Blut war an den Wänden und auch auf meinem Körper.

»Fürstin, wir werden angegriffen!«

Die nicht mehr allzu junge Kommandantin Alianas Leibgarde drehte sich bei ihren Worten bereits wieder zum Ausgang, um diesen mit ihrem G36 zu sichern.

Aliana und ich zogen uns rasch an. Sie nahm dazu lediglich ein weißes Ordenskleid der Templer, dass sich in einem der barocken Schränke befand, ich schlüpfte in meine Jeans und zog den schwarzen Pullover an. Meine Tasche mit den altertümlichen Beuteln und den Utensilien der mörderischen Künste des Schleichens warf ich über und war kurz nach Aliana bereit.

Sinan Abu schaute angespannt umher. Aber es war auch etwas Entschuldigendes in seinem Blick. Ich achtete nicht weiter darauf. Fortaleza erklärte die Lage, ohne zu uns zu sehen.

»Fremde Vampire greifen an. Sie sind durch die Verteidigungslinien gedrungen und werden bald hier sein.

Wir treffen die anderen im Ratssaal und nehmen von dort den geheimen Ausgang!«

Aliana nickte mir zu, es gab keine Zeit zu vergeuden. Wir liefen hinter der Tempelritterin her. Sie und der Afrikaner Sinan Abu Gabre-Medhin sicherten den Weg, allerdings kam uns nichts in die Quere. Im Ratssaal wartete bereits Gideon mit einer Gruppe von schwer gerüsteten Templern auf uns. Fortaleza erklärte knapp die Lage.

»Der Rest der Nachteinheit sichert noch den großen Hauptgang. Sie decken unseren Rückzug. Wir sollten jetzt fliehen. Los!«

Alles ging dermaßen schnell, dass ich das unregelmäßige Pochen in meinem Kopf einfach nicht bewusst wahrnehmen konnte.

Sinan Abu fügte den Worten der Ritterin hinzu: »Nathan wird mit dem Team nachkommen. Sie verzögern den Angriff.«

Damit wiederholte er lediglich, was Yara Fortaleza bereits ausgesagt hatte.

Wenn der Dunkle Arm der Templer es schaffte, dachte ich, kommentierte dies allerdings nicht. Aber dies war der Auslöser, dass ich endlich das Denken wiederentdeckte und auch dem warnenden Pochen meiner uralten Kopfwunde lauschte.

»Moment!«

Alle starrten mich an. Lediglich Aliana schien nicht verwirrt. In der Eile übersah ich, dass sie mich lächelnd betrachtete. Erst sehr viel später würde ich mich daran erinnern.

»Wieso Vampire? Im Schlafgemach waren es Menschen!«, stellte ich meine erste Frage.

Ich erinnerte mich gut an das Blut, welches unter dem Pullover immer noch meine Haut zierte. Und an die schreckliche Szene in unserem Schlafgemach.

»Und wie soll die Nachteinheit oder die Garde den Angriff aufhalten? Kämpfe der Nacht dauern nur Sekunden.«

Immerhin hatte ich an ausreichend vielen Kämpfen teil genommen. Entweder man gewann oder man verlor, aber man schlug Vampire nicht minutenlang zurück. Das funktionierte so nicht. Nicht umsonst war die Nachteinheit jahrelang unter viel Aufwand dazu trainiert worden, Sekundenbruchteile zu nutzen.

»Darum müssen wir uns beeilen«", drängte Fortaleza. Ich schüttelte den Kopf. Aufmerksam betrachtete ich die Anwesenden. Aliana stand in all ihrer Göttlichkeit neben mir, Fortaleza und Sinan Abu mit angelegten Waffen säumten uns.

Wir hatten den Ratssaal durch die Nebentür betreten. Gideon stand mit fünf Angehörigen Alianas Fürstengarde vor den Haupttoren des Saales. Hier tagten sonst die Vampire, unter anderem bei den seltenen Einberufungen der Häuser.

»Wo sind die anderen Vampire?«, stellte ich meine nächste Frage und ließ mich nicht drängen.

»Sie werden die Verteidigung bald überrannt haben«, kreischte Fortaleza beinahe und blickte flehentlich zu Aliana. Ich blieb stur. Die anderen schienen sich nicht einzumischen. Alles blickte aufmerksam auf mich und Yara Fortaleza.

Die Kommandeurin der Leibgarde zeigte auf ein großes Gemälde von Aliana, die Notre Dame de Sainte Marie des Templerordens. Sinan Abu ging zielstrebig darauf zu. Hinter dem Bild aus Ölfarbe begann der geheime Weg in die Freiheit.

»Nein«, wies ich die Speerspitze des Dunklen Arms an. Sinan Abu stoppte.

»Ich meine unsere Vampire. Wo ist Ethrel? Wo alle anderen?«, hinterfragte ich weiter alles, was hier gerade geschah.

»Sie verteidigen…«

Ich machte eine barsche Bewegung mit der Hand und Yara Fortaleza verstummte mit Tränen auf den Wangen. Ich kannte die Verteidigungspläne unserer Befestigungen und nirgends war vorgesehen, dass Aliana nur von Menschen geschützt wurde. Eine kühle Hand streichelte meine Wange safnt und legte sich dann kraft verströmend auf meine rechte Schulter.

»Lass gut sein, Hilo.«

Ich starrte Aliana an, die sich aber bereits von mir abwandte und zu Yaras Entspannung Sinan anwies, den geheimen Zugang zu öffnen. Ich war wie gefangen in meinem Körper. Alles in mir versuchte die komplexe Situation zu entschlüsseln. Zu verstehen, was der Stein mir sagen wollte.

Das Bild rutschte auf unsichtbaren in der Wand eingelassenen Schienen in die Höhe, und der Templer afrikanischer Abstammung öffnete die Mauer dahinter mit dem in den Kerzenhaltern eingearbeiteten Mechanismus und komplizierten Zugangscodes. Dieser geheime Gang gehörte zum Notfallevakuierungsplan des Standortes.

Der Durchgang war lediglich einen Spalt frei, als die ersten Angreifer eindrangen. Zahlreiche Vampire, die meisten mit dunkler Hautfarbe wie Sinan, stürzten in den Raum. Sie entwaffneten die Templer, denen es bloß gelang wenige Schüsse ohne bleibende Wirkung abzufeuern.

Aliana und Gideon nahmen den Kampf auf, Dunkelheit fiel nicht. Ich war wie von Sinnen. Der Schmerz in meinem Kopf betäubte mich. Eine Art Trance kam über mich. Bis mich sanfte Arme hielten.

Marketa. Sie stand hinter mir und hatte einen Arm um mich gelegt. Mein Rücken war an ihre Brust gelehnt. Und die gefährlichen Spitzen ihrer Zähne stachen in mein Fleisch. Zu Bewegungsunfähigkeit verdammt sah ich, wie Gideon zwei Vampire in Schach hielt, die sich vor ihm vor Schmerz krümmten. Er hielt ihre Gedanken unter Kontrolle.

Ich sah Aliana, vor ihr stand ein Schamane. Ngola, Fürst des Hauses Sambesi und Nubien. Er wurde von ihren Schatten gehalten, sie war bereit ihn mit ihren Fangzähnen zu durchbohren. Er wirkte jämmerlich, geschlagen und bereits fast vernichtet.

Da traf Alianas Blick mich. Und ihre dunklen Augen senkten sich. Als sie sich wieder zu Ngola wandte, liefen Tränen aus meinen Augen. Ich spürte Marketas Kühle an meinem Körper, ihre Kraft als Echo pochend in meiner Halsschlagader. Sie hielt mich fest in ihrem Griff. Ich wollte sie anflehen, doch ich war fest gebunden in ihren Armen.

Ich vernahm Alianas Stimme und war unfähig zu reagieren.

»Ngola, nehmt mich ohne meine Gegenwehr, aber verschont meinen Fürsten. Marketa, Ngola, schwört dies auf Euer Blut!«

Ich verstand nicht was vorgegangen war, genauso wenig wie ich wusste, was passieren würde. Es waren mehr Menschen und Vampire im Raum, aber ich konnte mich nicht fokussieren. Mein Körper war in Marketas Griff gehalten, und meine Augen von etwas in meinem Kopf übernommen.

Ich sah Larex Ibarra, Ordenskrieger der Nachteinheit, der von außerhalb meines Sichtbereiches heranstürmte, bereit seine Klinge in Ngolas Rücken zu bohren. Ein Schuss streckte ihn nieder. Er war von Nathan Mackinnons Waffe abgefeuert worden, der jetzt zu Ngola trat. Nathan schaute Aliana hasserfüllt an, er hob Ngola an und führte den afrikanischen Vampirfürsten zu Aliana.

»Schwört!«, rief diese herrisch aus.

Gideons wie üblich ruhige Stimme nahm uns alle in ihren Bann: »Sie haben den Schwur im Geiste geleistet, werte Schwester.«

Das Bild brannte sich mit ungeheurer Brutalität für immer in mich ein. Alianas Kopf zurückgerissen von der Russin Raja Polejov, auch eine Kriegerin des Dunklen Arms der Templer.

Ihr Kommandeur Mackinnons, der Anführer dieser Nachteinheit, schaute verabscheuend auf Aliana und gab Ngola Hilfestellung. Die Zähne des kraftlosen Fürsten aus dem Süden, die sich tief in das Fleisch meiner sich ergebender Göttin bohrten.

Die Kraft floss, die Macht wechselte. Momente, lang wie alle meine durchlebten Jahrhunderte, verstrichen. Und Aliana sank, vom Letzten Wahren Tropfen beraubt, vernichtet zu Boden. Ngola erstarkte vor Blut. Nichts von seiner Schwäche war geblieben. Das helle Lachen des charismatischen Führers des Hauses Sambesi und Nubien ertönte.

Gideon verhielt sich still im Hintergrund. Tränen rannen über meine Wangen.

»Lasst sie zum Himmel fahren. Geliebte, lass uns gehen.«

Ich fiel zu Boden, als Marketa ihren Griff löste. Dort liegend musste ich sehen, wie sie an Alianas regloser Hülle vorbeilief und dabei auf sie spuckte. Dann wie Ngola und Marketa durch den Gang der Freiheit entschwanden und wie Nathan Mackinnons und Raja Polejov ihren Rückzug sicherten. Yara Fortaleza kniete schluchzend vor dem leeren Leib Alianas. Weitere Gestalten verließen den Raum, ich verlor mich in der Schwärze meines Bewußtseins.

HYMNE DER SONNE

Einst im 16. Jahrhundert hatte ich Aliana beim Beginn der Abenddämmerung in ihrer Kammer überrascht. Eigentlich hatte sie mich überrascht. Sie war bereits erwacht, kniete nackt ihn ihrem Himmelbett und bemerkte mein Eintreffen nicht. Ihre wundervolle Silhouette zeichnete sich vor dem eindringenden Mondlicht ab, die einzige Sonne, die für ihre Art schien.

Sie sang ein sehr altes ägyptisches Lied. Ich verstand die Sprache nur bruchstückhaft, nachdem sie Aliana mich zwar gelehrt hatte, aber von mir nur selten genutzt wurde. Mir gelang es später in der Bibliothek Imhoteps herauszufinden, welch Sinn hinter diesen wunderbaren Klängen lag.

Erschein in Schönheit am Himmelshorizont.
Sonne der Lebendigkeit, alle Länder wunderbar erfüllend.
Voll Schönheit, groß und strahlend, hoch über aller Welt.

Du seist Re, erreichst Du aller Länder Grenzen
und beugst sie für Deinen geliebten Sohn.
Du seist in aller Angesicht, mit unerforschtem Lauf.

Verlassend uns im Westen, tauchst Du die Welt in Finsternis.
Die Finsternis ein Grab, die Erde ganz erstarrt,
ihr Schöpfer getaucht in seinem Horizont.

Am Morgen erscheinst Du im Horizont
und beleuchtest als Sonne den Tage,
vertreibst die Dunkelheit mit der Gabe Deiner Strahlen.

Wie zahlreich Deine Werke sind,
die dem Angesicht verborgen bleiben,
Du einziger Gott, dessen gleichen nicht ist!
Du hast die Erde nach Deinem Wunsch erschaffen,
ganz allein, mit allem, was auf Erden ist.

Die fernen Länder von Syrien und Nubien,
dazu das Land Ägypten,
jeden stellst Du an seinen Platz und sorgst für seine Gier,
ein jeder hat seine Nahrung, Du seine Lebenszeit bestimmt.
Die Zungen sind verschieden, ebenso ihre Art,
ihre Hautfarbe ist ungleich, denn Du unterscheidest sie.

Du zeugst den Nil in der Unterwelt
und lässt ihn nach deinem Willen quellen,
die Menschen am Leben zu erhalten, die Du erschaffen hast.
Selbst allen fernen Länder schenkst Du Leben,
mit Deinem Nil am Himmel,
der Wellen schlägt auf allen Bergen, wie das Meer.
Wie wirksam Deine Pläne, Du Herr der Ewigkeit!
Aber der wahre Nil ist aus der Unterwelt
und kommt zu uns nach Ägypten.

Deine Strahlen stillen alle Felder,
wenn Du erscheinst, leben und wachsen sie für Dich.
Du schaffst die Jahreszeiten, den Winter um zu kühlen,
die Sommerglut, damit sie Deine Wärme spüren.
Du hast den Himmel fern geschaffen,
um an ihm aufzusteigen
und zu sehen, was Du geschaffen hast.

Einzig bist Du, wenn Du aufgestiegen bist,
in all Deinen Formen als lebendiger Aton,
der erscheint und glänzt, sich entfernt und naht.

Wenn Du gegangen bist, Dein Auge fern von uns,
das Du für uns geschaffen hast,
auch dann bleibst Du in meinem Herzen.

Die Welt ist, wie du sie geschaffen hast.
Du bist die Lebenszeit, sie alle leben durch Dich.
Augen ruhen auf Deiner Schönheit, bist du untergehst,
alle Arbeit niedergelegt, wenn du verschwindest.
Aufgehend stärkt Du alle Arme für den König,
und Eile ist in jedem ihrer Füße.

Denn seit Du die Welt gegründet hast, hebst Du sie
für Deinen Sohn, der aus Dir hervorgegangen ist,
den König beider Ägypten,
den Sohn des Re, der von Maat lebt,
den Herrn der Diademe,
Echnaton, hoheitsvoll in seiner Lebenszeit,
und die Große Königsgemahlin, seine Liebe,
die Herrin beider Länder, Nofretete,
lebendig und verjüngt
für immer und ewig.

Ich lauschte dem Lied bis Aliana es beendet hatte. Sie hatte eine kraftvolle doch leise Stimme, während des Gesanges. Es war eine wundervoll fremdartige Melodie.

»Wie heißt dieses Lied, Aliana«, fragte ich sie sanft, dabei näher zum Bett schreitend und ihre Hand ergreifend. Erst da bemerkte sie mich. Sie lächelte mich an, und ich sah ihre ergriffenen Augen.

»Hymne der Sonne.«

Dieses Lied verkörperte mit jeder Zeile mehr als alles andere ihren Schmerz, die Sonne niemals wieder sehen zu dürfen. In ihrer Sehnsucht sang sie die Hymne in vielen Nächten danach, auch für mich, wenn ich mich sehnte ihre melodische Stimme zu vernehmen.

SCHIWA

Es gab eine Zeit, in der mein Herz gebrochen war. Diese Zeit hatte jetzt begonnen. Ich war alleiniger Fürst des Hauses Baphomet. Von meiner Göttin schmerzhaft beraubt.

Schiwa ist das Hebräische Wort für sieben und bezeichnet den ersten und schrecklichsten Zeitraum der Trauer, wenn ein Geliebter von uns geht. Auch der Zimmermann Josef trauerte sieben Tage, als sein Vater verstorben war.

Nach jüdischer Sitte bereiten Nachbarn dem Trauernden die erste Mahlzeit, seudat hawraa, um ihn zu stärken und die Pein zu lindern. Dabei sollen die Lebensmittel möglichst Leben symbolisieren. Meine Schiwa war angebrochen.

Mein Schmerz trieb mich in den Wahnsinn. Es war allein Gideons geistiger Stärke zu verdanken, dass ich nicht den Verstand verlor. Er gab mir Halt. Mein Verstand machte mir zu schaffen. Tiefgreifende Kopfschmerzen quälten mich, etwas schlug von innen gegen mich, wieder und wieder. Ich konnte nicht verstehen was geschehen war, konnte nicht begreifen, dass Aliana vernichtet war.

Fürst Imhoteps schnelles Eintreffen am Tag nach dem Angriff sicherte den künftigen Bestand des Hauses Baphomet. Er übernahm die weltlichen Belange der Nacht aus Gideons Händen, nachdem ich als leidender Fürst unfähig war überhaupt irgendetwas zu entscheiden. Imhotep ordnete die Reihen der verwirrten und aufs Äußerste demoralisierten Templer und ließ das Gelände wieder sichern.

Zahlreiche Vampire aus dem Hause Imhoteps, die mit seinem Geleit eingetroffen waren, verstärkten unsere angeschlagenen Linien. Ich hatte verstanden, dass man keinen raschen erneuten Angriff von Ngola fürchtete, aber durchaus hätten andere Häuser unsere momentane Schwäche ausnutzen können. Ngola hatte bekommen, was er gesucht hatte. Ich wusste bloß noch nicht, was genau das gewesen war.

Ich hatte das verwüstete Schlafgemach, in dem ich zuletzt friedvoll in das Antlitz meiner Liebe geblickt hatte, nur noch einmal besucht. Es war besudelt von Blut. Die Leichen waren bereits entfernt worden. Ich fiel vor dem Bett auf die Knie, sowohl mein Kopf als auch ich selbst war gefüllt mit haltloser Trauer. Ich hätte mit meiner Fürstin sterben sollen. Den letzten Weg mit ihr gemeinsam gehen. Doch wohin führte der letzte Weg einer Göttin?

Erst als ich den Kopf vor Verzweiflung in den Schoß legte, sah ich den Blutkreis. Er befand sich direkt auf dem grauen kalten Steinboden unter unserem Bett. Entsetzt starte ich auf die gezeichnete Linie. Voller Abscheu musste ich würgen. Der Fluch Marketas. Dieser musste Aliana geschwächt haben. Ich konnte der Blutstochter meiner Fürstin niemals verzeihen.

Danach vergingen Tage, bis ich wieder halbwegs ansprechbar war. Und insgeheim fürchtete ich mich vor dem Tag, an dem Worte wieder zu mir dringen konnten. Denn das würde bedeuten, dass die Realität jede Chance auf einen Traum verdrängte. Schließlich besuchten mich Imhotep und Gideon gemeinsam in meinem kargen Gemach. Ich hatte alles überflüssige entfernen lassen, dies sollte helfen den Geist frei zu bekommen. Lediglich ein von mir selbst erstelltes Gemälde von Aliana hatte ich behalten. Ich hatte es freudig an einem Tag gemalt, während ich sie in ihrem todesähnlichen Ruhezustand des Schlafes betrachtet hatte. Bei Dämmerung hatte ich meine Geliebte damit überrascht.

Fürst Imhotep und Prinz Gideon hatten alle Emotionen längst verloren, wahrscheinlich bereits mit ihrem Eintritt in die fremde Welt der Nacht. Somit verzichten sie wie ich auf schmerzliche Beileidsbekundungen.

Die Anwesenheit der Vampire meiner Familie verstärkte meine Kopfschmerzen noch.

Imhotep ergriff das Wort: »Ngola hat mit Marketa einen Pakt geschlossen. Unerkannt von uns haben sie diesen Angriff geplant. Mackinnons und Polejov sind des Verrats schuldig. Nathan Mackinnons wies Fortaleza an, Gideon und Aliana in dem Ratssaal zu versammeln und den Fluchtweg anzutreten. Außer Marketa, Mackinnons und Polejov konnte wir niemandem Verrat nachweisen.«

Prinz Gideon fügte einige Worte hinzu: »Mackinnons ließ Vasallen Ngolas und seine Schamanenvampirkrieger einschleusen, sie griffen die Wachen von innen heraus an und sorgten für das nötige Durcheinander. Somit waren die meisten Kämpfe am Thronsaal entbrannt.«

Der Thronsaal war in Rom stets Alianas offizieller Empfangsraum gewesen. In letzter Zeit hatten der Thron zwei Sitzgelegenheiten geboten. Fürst und Fürstin des Hauses Baphomet. In Liebe auf ewig gemeinsam herrschend. Oder auch nicht. Der Thronsaal lag vom Ratssaal aus betrachtet am anderen Ende des Anwesens.

»Einige der feindlichen Vasallen gelang es bis zu Euren privaten Gemächern vorzudringen. Sie sollten wohl die Flucht in Gang setzen. Nathan Mackonnons hat den geheimen Weg verraten. Somit wartete Ngola dort mit seinen Schamanenvampiren und Stammeskriegern. Wir hätten zu siegen vermocht, aber…«, Gideon war taktvoll genug nicht weiter zu sprechen. Immerhin wusste ich, dass Aliana ihr Leben für mein auf ewig sterbliches gegeben hatte. Ich hasste mich dafür. Abgrundtief.

Imhotep lenkte ab.

»Wir müssen Entscheidungen treffen. Ich empfehle, Großmeister Kent O Shannahan von seinen Pflichten zu entbinden und einen neuen Großmeister zu benennen. Er hat den…«, Imhotep stockte zum ersten Mal in seinen wie üblich emotionslosen Worten, »… Verlust der Fürstin nicht verkraftet.«

Ich traf die erste Entscheidung als einziges Oberhaupt meines Hauses, obwohl sich alles in mir danach sträubte die neue Rolle anzunehmen. Ich wäre liebend gern wieder der zum Sterben verurteilte Straßenjunge in erster Frontreihe gewesen, hätte ich damit Aliana gerettet.

»Ich werde Evangelina Camilla Rousseau von den Londoner Templern zur Großmeisterin des Ordens der Tempelritter ernennen.«

SONNENSTRAHL

Dann erst war mein Verstand wach genug zu bemerken, dass sie etwas weit wichtigeres mit mir besprechen wollten. Jetzt spürte ich, dass in ihnen etwas Unbekanntes brannte. Das hier war lediglich Vorgesplänkel gewesen.

Und es schien, als wenn sie es gern geheim halten wollten, sich aber verpflichtet fühlten es jetzt zu sagen. Die menschliche Gabe der Ungeduld schlug in mir gnadenlos zu, der Schmerz in meinem Kopf förderte das.

»Was?!«

Ich spürte wie Gideon im Geiste nach mir griff und mich beruhigte. Energisch schüttelte ich ihn ab, und pure Aggressivität pochte in meinem Kopf. Imhotep trat zu Gideon und fasste seine Hand. Gideon ließ von mir ab und starrte mich nachdenklich an. Der Fürst aller Nächte, erster Schattenlord seiner Machtlinie trat ans Fenster und schaute in die Schwärze, Gideon setzte sich in einen der Lehnsessel im Raum.

»Mein Sohn Naciron«, Fürst Imhotep hatte mich noch nie so genannt, auch nicht, nachdem er mich in seine heilige Familie aufgenommen hatte. Ich riss mich angestrengt zusammen, um den beiden nicht sofort an die Gurgel zu gehen.

»In den Jahrtausenden der Dunkelheit wurde unsere Art selten vom Unerklärlichen überrascht.«

Meine Hände zitterten.

»Raluca hat sich um…«

Er stockte erneut. Ich holte mehrfach tief Luft um meine Anspannung zu lindern. Es half nicht wirklich. Gideon räusperte sich. Das war seine Art einer höflichen Anfrage, ob er das Wort übernehmen sollte. Aber Imhotep sprach selbst weiter. Ein deutliches Zeichen dafür, wie wichtig ihm das Thema war.

»Sie hat sich um Alianas Leib gekümmert.«

Raluca, der Sonnenstrahl. Der Name weckte Erinnerungen an alte Zeiten. An das Ende eines Zeitalters, in dem ich noch nicht an einen offenen Krieg zwischen Häusern dachte. 1474 n. Chr. war es gewesen, in dem kleinen Dorf Clejani in der Walachei.

Dort hatten wir Luca, die Tochter der Wirtsleute des Ortes, gerettet vor den Untoten Schergen des Wojewogen Drăculea. Gideon war es, der sie einige Jahre später verwandelt hatte, nachdem ihr Dorf eine wichtige Anlaufstelle für unsere häufigen Beobachtungsreisen zu dem grausamen Vampirfürsten Vlad Drăculea wurde. Sie hatte die erstaunliche Gabe des Geistlenkers als Machtlinie von ihm geerbt.

»Ja«, bemerkte ich leise und hatte einen gefährlichen Unterton in der Stimme, der mich selbst überraschte. Die beiden störten sich nicht daran.

»Letztlich haben wir meine Schwester nach Portimão bringen lassen«, meinte Gideon von dem altertümlichen Sessel aus zu mir.

Schlagartig hielt jede Muskel in meinem Körper inne. Ein Funke von Hoffnung glühte auf. Gideon vernichtete ihn ohne Gnade.

»Ihre Leiche.«

Ich schluckte schwer, dann stellte ich vorsichtig meine Frage: »Ist sie nicht zu Staub...?«

Prinz Gideon schüttelte den Kopf.

»Nein, sie ist des Wahren Blutes beraubt. Der Körper steht nicht wieder auf, also muss er auch nicht zerfallen.«

Das musste ich eigentlich wissen. Aber etwas stimmte nicht, flüsterte es in meinem Kopf. Ein paar Teile in dem Mosaik waren nicht richtig eingesetzt. Und ich spürte bereits, welches Detail nicht passte.

»Und warum dann Portimão?«

Nahe der Stadt Portimão in Portugal, nicht weit des dortigen Templerhauptquartiers in der Algarve, lag ein Privathospital. Dieses gehörte der Stiftung Fondation Salomonici d'aide aux Malades, die wiederum in unsere Welt der Dunkelheit, zu unserem Haus gehörte. Das Hospital stand teils auch für die Öffentlichkeit zur Verfügung, besaß aber auch wie viele andere einen ausschließlich privaten Trakt für besondere Patienten. Einst war der gerade frisch von mir zum Ruhestand verdammte Großmeister O Shannahan dort versorgt worden. Von diesem Hospital in der Nähe abgesehen, wußte ich nicht, was dort sonst besonderes sein konnte. Außer, dass ich einmal mit Aliana in der Region war, um nächtliche Strandspaziergänge vorzunehmen. Wir hatten Nacht für Nacht auf das Wasser gestarrt, der gewaltigen Kraft des Elementes als Zeuge beigewohnt und die Zweisamkeit genossen. Eine Zeit, die nicht wiederkehren sollte.

»Das Hospital«, antwortete Gideon kurz und knapp.

Ich hatte mich folglich nicht geirrt, als ich an das Krankenhaus gedacht hatte. Ich kam aber nicht dazu, nach dem Warum zu fragen.

»Luca hat sich um den Körper gekümmert«, wiederholte Schattenlord Imhotep sich. Er schien damit etwas andeuten zu wollen, in dem Glauben, ich würde verstehen. Aber die

Gedanken der Wesen der Nacht waren zu komplex, um sie nachvollziehen zu können.

»Sie ist eine Geistlenkerin. Wie ich«, fügte Gideon den Worten seines Vaters hinzu. Was sollte das, ich wußte dies doch. Meine Finger pressten sich zu Fäusten zusammen, bis sich Schmerzen bemerkbar machten. Ich zwang mich mit aller Gewalt, endlich das zu tun, was ich seit Jahrhunderten gelernt hatte – was Aliana mich geduldig gelehrt hatte: Nachdenken.

Eine Geistlenkerin hat Macht und Gespür über den Geist, der den Wesen innewohnt. Und genau der Geist ist das Ziel ihrer Kräfte.

»Alianas Geist befindet sich noch im Körper?«, stammelte ich.

»Nein«, sagte der Lord der Schatten mit derartiger Klarheit, dass jede Hoffnung abstarb. Bloß Gideon nickte mir zu. Aber es war keine Bestätigung, sondern ein Hinweis, dass ich den Weg meiner Gedanken weiterschreiten sollte. Ich fuhr mir mit einer Hand über das Gesicht, spürte die unrasierte Haut. Aber meine unzähligen Bartstoppel sorgten mich nicht.

»Aber ein Geist befand sich dort?«

Imhotep drehte sich vom Fenster zu mir und beäugte mich mit strengen Blick.

»Ja, Luca spürte einen Geist.«

Mein Blick flog von Imhotep zu Gideon und wieder zurück. Gideon führte die Erklärung des Fürsten fort: »Ich prüfte dies. Erst konnte ich nichts feststellen, aber Luca war sich sehr sicher. Daher brachte man den Körper in das Hospital. Ich war kurz dort und bin gerade wieder zurück. Jetzt, nach Tagen, konnte ich auch etwas bemerken. Luca mag dort mehr spüren als ich, aber zumindest kann ich es bestätigen. Es war eindeutig eine Präsenz in ihrem Leib.«

»Aliana?«, wagte ich erneut zu fragen. Gideon schüttelte bloß den Kopf.

Imhotep trat mit der unmenschlichen Geschwindigkeit seiner Art vor mich und umfasste meinen Kopf mit den Händen. Er starrte direkt in meine Seele. Ich sah nur noch seine Augen, die begnadeten Sehinstrumente dieser Götter.

Die Vampire sind die vom Fluch Beladenen – sie sind die, denen niemals vergeben wird. Die härteste aller Strafen sollte sie treffen. Und wenn ihre Kräfte es erscheinen ließen, dass sie reich belohnt waren, so gab es noch die Unsterblichkeit, welche der Zeit erlaubte, sie das Gegenteil zu lehren.

Ohne Vergebung erwarten zu können, sollten sie leben in der ewigen Verdammnis. Zum Existieren verflucht, mit der Bürde ihren Fluch weiterzugeben. Ich lebte in dieser Welt, als Teil einer dunklen Familie, die sich verschrieben hatte der Dunkelheit einen Sinn aufzubürden.

Einer Familie, dessen oberster Vater, der Schattenlord, der Dunkelheit eine Ordnung schenken sollte. Wie konnte ich jemals erwarten, Gnade zu erfahren, etwas Gutes zu erhoffen, das uns die Welt gewähren sollte. Alles was die Vampire und ich als Teil ihrer Familie verdienten und uns drohte, war die ewige Verdammnis.

Dies prallte durch den Schmerz in meinem Kopf wie ein Einziger Gedanke in mein Bewusstsein. Eine so starke Emotion, dass ich nicht einmal wagte, den folgenden Worten Imhoteps zu lauschen.

Die Zukunft ist ein weites Feld, das nur die Zeit in allen ihren Ausmaßen kannte.

Die Stimme des Schattenlords fand ihren Weg trotzdem zu mir: »In ihrem Leib schlummert etwas.«

Und der Sonnenstrahl hatte es gezeigt.

FLUG NACH PORTUGAL

Auf dem Flug nach Portugal hing ich meinen Gedanken nach. Fürst Imhotep verweilte in Rom und kümmerte sich weiterhin um den Schutz meines Hauses. Ich war froh, dass er mich dabei unterstützte, noch konnte ich mich nicht auf diese Belange konzentrieren. Gideon begleitete mich.

Noch während des kurzen Fluges kümmerte er sich darum, dass man uns beim Templersitz westlich von Albufeira nach dem Hospitalbesuch erwartete. Wir reisten mit mächtigem Geleit. Starke Vampire aus dem Hause Imhotep und nicht weniger kraftvolle aus meinem Haus, sowie die uns am treuesten erscheinenden Ritter der Templer.

Trotzdem fragte ich mich, ob das nicht alles überflüssig war, wenn man Aliana mir in unserem befestigten Heim zu entreißen vermocht hatte. Ritterin Yara Fortaleza war auch in Rom geblieben. Ich traute ihr nicht mehr, nicht nach allem, was ich von dem Vorfall an Bildern in meinem Kopf sah. Die volle Wahrheit war, ich traute niemandem mehr. Ich wollte Fortaleza selbst befragen, aber das hatte Zeit. Den Flug über verweilten meine Gedanken bei meiner verlorenen Liebe.

Ich erinnerte mich an die Zeiten, in denen ich sie immer angstvoll betrachtet hatte und bei den meisten ihrer Bewegungen erschrocken zusammen gezuckt war. An unsere Reisen durch die mittelalterliche Welt. Wie die Könige kamen und gingen, aber wir stets die Geschicke der Welt beeinflussten. Ich spüre noch immer unseren ersten Kuss und das Prickeln meiner Haut, wenn ich ihre berührte. Ihr fester unmenschlicher Leib, aber auch ihr für mich sanfter

Blick. Wie wertvoll ein Lächeln von ihr für mich gewesen war. Sie hatte meine Entwicklung erlebt, vom kindlichen jungen Mann, zum ergebenden Vasallen, zu Geliebten. Vom Feigling bis hin zum Fürsten. Doch Fürst – das war bislang nur der Titel den ich trug.

Ich weiss noch, wie sie meinen bebenden Körper gehalten hatte, auf unserer ersten gemeinsamen Reise über das Mittelmeer. Wie sie meine Seekrankheit mit ihrer kühlen Nähe gelindert hatte. Unzählige Seefahrten hatten wir danach in den Jahrhunderten unternommen. Auch die in die neue Welt.

Erinnerungen

Nachdem sich unsere Abreise verzögert hatte, begann die die Überfahrt des Atlantik erst sechs Jahre nach meiner Reise nach Afrika. Dies war mit Sicherheit meine längste Seereise bis dahin.

Mannschaften aus den besten Seeleuten der Republik Venedigs steuerten unsere drei Schiffe zur Westfeste auf einer Route die Amerigo Vespucci bereits gefahren war. Wir reisten auf der Vita Pugna. Der lateinische Name versprach mit seiner Bedeutung »Das Leben ist ein Kampf« nicht das Beste. Unsere Gruppe bestand zur Hälfte aus Wesen der Nacht, die anderen waren Templer.

Am schönsten war die Zeit mit Aliana allein unter Deck, wenn sie mir, fern anderer Blicke, nicht mehr unnahbar gegenüber trat. Da die ersten Vampire der neuen Welt scheinbar unter den Azteken im Bereich des späteren Mexicos gezeugt worden waren, segelten wir in dieses Gebiet.

Ich erinnere mich deutlich an ein Gespräch mit ihr im Privaten.

»War Marketa in Afrika auch nicht zu widerspenstig?«

In menschlichen Zeitmaßstäben war unsere Reise nach Süden bereits lange her, aber unter den Vampiren galten andere Regeln. Oft fragte mich Aliana etwas zu einer Situation, die bereits Jahrzehnte her war.

»Wir haben uns gut verstanden.«

Aliana hatte einen sehr ernsten Unterton, so dass ich nicht dachte, dass sie auf Marketas und mein sexuelles Erlebnis anspielte. Das tat Aliana in der Regel in einem weitaus amüsanteren Tonfall. Außerdem duldete sie Marketa in unserem Bett.

»Ich spüre, dass Du Dich ihr gegenüber anders verhältst. Manchmal schreckst Du vor ihr zurück, oder Du weichst Situationen aus, in denen Du allein mit ihr wärest.«

Ich reflektierte. Aliana hatte Recht. Ich kaute auf meiner Lippe. Dann antwortete ich ehrlich:

»Jetzt wo Du es sagst, glaube ich, dass es tatsächlich so ist. Aber es war mir nicht bewusst, ich mache das nicht mit Absicht.«

»Seltsam«, bemerkte Aliana.

Ich nickte. Sie warf mir geschickt ein Stück Brot und Dörrfleisch zu.

»Werde ich nicht gefüttert?«, grinste ich die anmutige Fürstin an.

»Ist Dir denn schlecht?«, grinste sie zurück.

»Klar«, lachte ich sie an. Als wenn ich eine solche Gelegenheit verstreichen lassen würde. Es war wir eine Art Ritual auf jeder Schiffsreise.

Sie rückte näher zu mir, umarmte mich und zog mich zu sich. Dann steckte sie mir ein großes Stück Brot in den Mund, so dass ich Husten musste. Diesmal war es an ihr leise zu lachen.

»Ist irgendetwas vorgefallen?«, hakte sie noch einmal nach.

Ich boxte sie ihn die Seite, den harten marmornen Körper spürend: »Du meinst außer dem Üblichen? Ich und eine junge hübsche Unsterbliche?«

»Ja, ich meinte außer dem, was ich schon weiß«, spielte sie den Ball zurück und führte mir ein kleineres Stück salziges Fleisch zu.

»Ich denke nicht.«

Die Westfeste war Objekt einer begierigen und brutalen Besiedelungsstrategie des alten Europas, seit Christoph Columbus mit seinen drei Schiffen Santa Maria, Niña und Pinta an den Westindischen Inseln – darunter zuerst San Salvador bei den Bahamas, dann Kuba und Hispaniola – anlegte. Die Westindischen Inseln hatten ihren unpassenden Namen Columbus Unwissenheit zu verdanken. Estúpido kann ich dazu bloß sagen.

Bis zuletzt hatte er fehlgeleitet geglaubt, er wäre immer auf diesen Reisen nach Indien gesegelt. Schließlich starb der Entdecker immer noch unwissend im Jahre 1506 nach einiger Zeit der Zurückgezogenheit in Spanien. Längst war er nicht mehr als Held verehrt worden, immerhin hatte er auf seinen vier Reisen neun Schiffe verloren.

Außerdem kam seine Suche nach einem schnelleren Seeweg westwärts durch Ausnutzung der gerade erst von der Menschheit und vor allem der Kirche akzeptierten kugelförmigen Globus-Theorie nicht aus seinem reinem Entdeckergeist. Er hatte immerhin von der spanischen Königin verlangt, Vizekönig über die neuen Gebiete zu werden, ein Zehntel aller Einnahmen an wertvollen Metallen und den erblichen Titel Admiral der See zu erhalten. Fast hätte er über seine Gier die Unterstützung der spanischen Krone schon im Vorfeld seines Unterfangens verloren.

Lange Zeit dachten die Menschen, Christoph Columbus hätte Amerika entdeckt. Aber nach der ersten Besiedelung vor über 14000 Jahren hatte bereits andere Menschen das Land nach einer Schiffsreise betreten, allen voran die Wikinger ca. 1000 Jahre n. Chr. unter ihrem Führer Leif Eriksson. Doch als mein erster Blick auf die neue Welt fiel, war dies unwichtig.

Nach den Verzögerungen was unsere Abreise betraf, gelangten wir erst 1535 in die neue Welt. Das Reich der Azteken war vernichtet und ihre ehemalige Hauptstadt Tenochtitlán war gerade in Mexiko-Stadt umbenannt worden und stand jetzt seit 10 Jahren unter spanischer Herrschaft. Sie war das Herrschaftszentrum des frisch gegründeten Vizekönigreichs Neuspanien.

Die Stadt lag im Texcoco-See und war ursprünglich einzig über drei Dammbrücken zu erreichen, was den spanischen Eroberern mehrfach Probleme bereitet hatte. Jetzt bemühten sich die Spanier, den See trocken zu legen.

Die Eroberer besiedelten das Zentrum der Stadt, der Rest stand teils auch den Einheimischen zur Verfügung. Aber von der Macht der Azteken war nichts mehr übrig. Die Spanier hatten neue Kirchen aus den Baumaterialien alter Gebäude errichtet, auch ein neuer Königspalast löste den aztekischen ab. Eine fremde Welt erwartete uns. Sie war nicht vergleichbar mit dem endenden Mittelalter und bot Dinge fern meiner europäischen Erfahrungen.

Die herrschende Politik der spanischen Konquistadoren war erschreckend. Sie vernichteten alles, was in ihrem Weg stand, lebten stets unter dem vielleicht berechtigten Wahn von den Einheimischen in den Rücken gefallen zu werden und beuteten diese rücksichtslos aus.

Wir erreichten nach langer Reise endlich die Ciudad de México nachts über die nördlichste Dammbrücke. Das ehemalige Tenochtitlán war die größte Stadt des Kontinentes, sie hatte über 100.000 Einwohner. Ich staunte und konnte gar nicht entscheiden, wohin ich schauen sollte, als Aliana und ich in einer Sänfte hineingeführt wurden. Den spanischen Eroberern waren wir als reiche adlige Geldgeber der spanischen Krone aus dem alten Europa angekündigt, dementsprechend wurden wir behandelt. Wie schön, dass Freundlichkeit mit Kapital aufzuwiegen ist.

Der spanische Feldherr Cortés hatte mit Hilfe von anderen einheimischen Stämmen und seiner fortschrittlichen Technologie letztlich den Untergang der Azteken gewaltsam herbeigeführt. Menschen kannten immer nur den Weg der Vernichtung. Weder Feuerwaffen noch Reiter auf Pferden waren den Azteken vorher bekannt. Ich konnte bei unserem Besuch bloß noch die letzten Reste ihrer Kultur sehen.

Antonio de Mendoza war wenige Wochen vor uns in Mexico-Stadt eingetroffen, er war der Vizekönig dieses neuen Reiches. Cortés hatte weiterhin die militärische Macht und wollte den Herrscherposten eigentlich, was naturgemäß zu Spannungen zwischen beiden führte.

Trotz seiner schwierigen Machtposition empfing uns Mendoza im Königspalast. Ihn kannten wir bereits als früheren Botschafter der spanischen Krone aus seiner Zeit in Ungarn. Antonio war wie stets nett und zuvorkommend. Allerdings ließ er in unseren Gesprächen mit ihm durchklingen, wie problematisch es für ihn war, seine neue Herrschaft auszuüben.

Vor ihm hatten drei andere diese Stellung als Vizekönig klugerweise abgelehnt, nur Cortés lauerte sicherlich darauf. Aber dem Feldherr war dieser Wunsch von Spanien verweigert worden. Das Königreich war mit der Regierungspolitik der Konquistadoren nicht glücklich und hatte sich dazu entschieden, die Herrschaft in den neuen Kolonien ausschließlich Männern mit niederer Hausmacht zu übergeben. Somit konnte Spanien seinen eigenen Einfluss leichter aufrecht halten.

Wir hätten Antonio de Mendoza sicherlich abgeraten Vizekönig zu werden. Aber wir waren nicht um Rat gefragt worden. Die Politik der Menschen war stets ein ewiges Pulverfass.

EXPEDITION WESTFESTE

Am kommenden Tag ruhten wir in einem alten aztekischen Herrschaftsanwesen, das Mendoza uns zur Verfügung stellte. Nach dem Einsetzen der Dämmerung nahm der Blutmeister Anerejt von unserer Expedition Westfeste Kontakt zu uns auf. Er traf mit zwei ängstlichen Einheimischen als Begleitung ein, die mehr am Boden krochen, als dass sie sich verneigten. Anerejt senkte würdevoll den Kopf vor seiner Fürstin.

»Meine Fürstin, ich freue mich Euch in der Neuen Welt begrüßen zu dürfen. Wir Angehörigen des Hauses Baphomet in der Westfeste haben erwartet, dass Ihr begierig seid, unsere neuen Freunde sobald als möglich kennen zu lernen. Wenn ich damit nicht irre, werde ich Euch unverzüglich zu ihnen führen. Es sei denn, Ihr habt anderweitige Wünsche.«

Aliana antwortete ihm mit der ihr obliegenden typischen freundlichen Kühle: »Ihr habt rechte Erwartungen. Bitte bringt uns zu den Heilenden Händen.«

Wir stiegen die Steinstufen unseres Anwesens hinab. Mexico-Stadt glühte regelrecht im Schein des Mondes. Die Häuser waren teils sehr verwinkelt angeordnet und stets traf man auf enge Gassen, kleine Treppen mit Wendungen und spanische Wachsoldaten, die mit ihrem gewölbten Brustschutz und den Helmen unförmig wirkten. Die Einheimischen waren des Nachts nicht auf den Straßen geduldet, zu sehr fürchteten sich die Eroberer noch vor Aufständischen.

Die Stadt wirkte stets wie ein Vulkan vor dem Ausbruch. Ein einziges Ereignis konnte schnell zu einem erneuten

Abschlachten führen. Starke militärische Präsenz war die Wahl der Konquistadoren um die Kontrolle zu sichern.

Wir jedoch wurden nicht einmal angehalten, wenn wir auf Wachen trafen. Die offizielle Sänfte des Vizekönigs, in der wir getragen wurden, verfehlte seine Wirkung nicht.

»Die Heilenden Hände betrachten sich als eine Familie aus Brüdern und Schwestern. Sie haben kein Familienoberhaupt, alle Entscheidungen werden beraten und gemeinsam beschlossen. Es gab auch eine Abstimmung. als wir sie vor einigen Jahren kennenlernten. Damals wurde – wie wir berichteten – beschlossen, dass man uns freundlich gegenüber treten wollte.«

Anerejt gab uns rasch auf dem Weg die wichtigsten Informationen.

»Die Heilenden Hände nennen sich selbst Curanderos. Die einheimischen Menschen sehen sie nicht als bösartige Wesen oder Götter, sondern denken, es handle sich um Menschen mit besonderen Heilfähigkeiten. Die Curanderos stützen diesen Glauben.«

»Ist das Sakrileg, dass Ihr in den Berichten als Vermutung erwähntet, bestätigt?«, bat Aliana um Aufklärung.

Der Blutmeister Anerejt machte eine um Verzeihung bittende Handbewegung: »Wir haben immer noch diese Vermutung, aber es herrscht Unsicherheit. Ich denke aber, es muss diese Tat gewesen sein, die als Sakrileg die Curanderos geschaffen hat.«

Aliana nickte und stellte ihre nächste Frage: »Wo werden wir die Angehörigen der neuen Machtlinie treffen?«

»In einem Temazacal«, erklärte Anerejt freundlich, »In diesen Lehmhütten vollziehen die Curanderos meist ihre rituellen Heilungen. Die meisten dieser Stätten wurden von den Eroberern verboten und sogar zerstört, aber ein paar konnten die Curanderos schützen. Es gibt einige kleinere, oft nur für eine Person geeignet hier in Mexico-Stadt. Wir reisen zu einer außerhalb der Stadtgrenze.«

Dieser Blutmeister hatte sich freiwillig für die Teilnahme an der Expedition gemeldet. Er hatte vorab ein Interesse an Marketa gehabt, die das aber nicht erwiderte. Aliana hatte den kraftvollen Blutmeister unter den anderen Mitgliedern der Expedition als Leiter ausgewählt, weil er als besonders friedfertig und neugierig galt. Sie wollte die neue Welt erkunden, nicht erobern. Falls letzteres nötig war, würden Imhotep und seine Kinder das in Ruhe planen. Und sicher auf eine Weise durchführen, die kaum zu durchschauen wäre.

»Was ist an diesen Lehmhütten besonderes?«, fragte ich Anerejt interessiert.

»Es sind Schwitzhütten, die mit Dampf gefüllt werden. Der Dampf und ihre Riten wecken Geister in Menschen.«

Ich musste sehr irritiert ausgesehen haben. Aliana hakte nach: »Geister?«

»Ich kann es nicht näher erklären, auf uns vom Hause Baphomet hatte der Dampf keinen Einfluss, auch die Curanderos selbst sind frei von Auswirkungen. Aber Menschen scheinen beim Genuss in Trance zu schwelgen, Geister zu sehen und mit unbekannten Worten zu sprechen.«

Plötzlich freute ich mich nicht mehr, die Heilenden Hände kennenzulernen.

»Aber es scheinen friedvolle Geister zu sein. Der Temazacal, in dem wir die Curanderos treffen werden, ist ein großer Versammlungsraum. Eine der wenigen Temazacal dieser Größe. Bis zu zwanzig Personen können sich dort versammeln. Für ihre Rituale nutzen die Curanderos auch Pflanzen der Umgebung. Normalerweise behandeln die Curanderos kranke und verletzte Menschen, in dem sie diese einem Ritual aussetzen. Es soll auch Rituale mit Auswirkungen auf sie selbst geben, aber wir sind noch nicht Zeuge davon geworden. Die Gerüchte sagen, dass bestimmte Rituale nur von besonders mächtigen Curanderos durchgeführt werden, die sich selbst dann von ihrem Körper lösen und als Geister in die Körper der Kranken eindringen. Dort suchen und vernichten sie den Krankheitsquell.«

»Vielleicht können sie Deine Seekrankheit dauerhaft heilen, Hilo?«, meinte Aliana wie beiläufig zu mir.

Während ich mich zurücklehnte und mir vornahm, in der Hütte nicht zu atmen, klärte uns Anerejt über die Zustände in Mexico-Stadt und Umgebung auf, und was die Eroberer der Westfeste alles für die Zukunft planten. Und er schaffte es, nicht einmal nach Marketa zu fragen. Wäre er noch ein Mensch, dachte ich, hätte er das nicht vermocht.

CURANDEROS

Ein paar der Angehörigen der Heilenden Hände hatten in den letzten Jahren von den Mitgliedern meines Hauses französisch sowie spanisch gelernt. Sprachen, die sich durch die Eroberung ausbreiteten. So konnten wir in einem Gemisch dieser beider Sprachen miteinander reden. Insgesamt waren acht Heilende Hände anwesend, um mit uns zu sprechen.

Wo immer es Verständigungsprobleme gab, vermittelte der Blutmeister Anerejt für uns gemeinsam mit den beiden menschlichen Einheimischen, mit denen er uns abgeholt hatte. Wir saßen in einer Lehmhütte, dem Temazacal, aber die Luft war offensichtlich frei von Dämpfen. So hoffte ich. Nach anfänglicher Unsicherheit, hatte ich meiner Atmung wieder freien Lauf gelassen. Aliana hatte dies fast belustigt zur Kenntnis genommen.

Die Lehmhütte lief in einem Bogen oben zusammen und hatte einen Durchmesser von einigen Metern. Sie war nicht sonderlich hoch, aber sitzend konnten hier sicher zwanzig Personen im Kreis tagen. Aliana tauschte erst freundliche Begrüßungsworte mit den Fremden aus, dann sprachen sie über die unterschiedlichen Kräfte der Machtlinien.

Aliana ließ zur Veranschaulichung ihrer Macht einen Schatten die Curanderos berühren. Diese kannten bislang nur die Mächte der Blutmeister, denn die Botschafter aus unserem Haus hatten nur dieser einen Machtlinie angehört. Sie erklärte auch, dass es in der Welt fern des großen Meeres auch Tierwandler, Untotenherrscher sowie Geistlenker gab. Noch bevor sie die Kräfte der weiteren Häuser erwähnen konnte, antwortete ihr ein zurückhaltend wirkender Curandero, dass sie nur ihre Mächte und die der Elemente kannten.

Aliana blickte zu Anerejt, der selbst auf Nahuatl nachfragte, was genau der Curandero mit Elementen meinte. Meine Aufmerksamkeit war geweckt, wenn dies schon für Anerejt, der mehrere Jahre hier verbracht hatte, neu war, versprach es interessant zu sein.

Schließlich erklärte uns der Blutmeister: »Die vier Elemente der Welt selbst sind gemeint: Erde, Feuer, Wasser und Luft.«

Ich seufzte. Gut, keine Neuigkeiten. Aliana nickte dem Curandero zu: »Auch diese Elemente gibt es in unserer Welt, denn es sind die Kräfte der Natur.«

Der Curandero unterbrach sie: »Natur? Nennt Ihr die Herrscher Natur?«

Anerejt erklärte den Heilenden Händen, was bei uns das Wort Natur bedeutete. Der Curandero von gerade schüttelte den Kopf. Diese Geste kannten wohl auch die Fremden. Er nannte eine Erklärung in der unbekannten Sprache. Anerejt lauschte aufmerksam, bevor er übersetzte.

»Catemaco spricht scheinbar nicht über die Natur. Er meint schon die Elemente der Natur, wie ich dies sagte, aber er verwies darauf, dass sie beherrscht werden. Beherrscht von Wesen wie uns und ihm.«

Ich blickte Aliana an. Sie zeigte selten Emotionen. Dennoch, ich glaubte eine Spur Verwirrung zu erkennen. Aber ich deutete ihre Gefühle immer noch häufig falsch.

»Catemaco, bedeutet dies, Ihr kennt Wesen, die die Elemente der Natur beherrschen? Die Erde, Feuer, Wasser und Luft für sich arbeiten lassen?«

»Dies sind die Mächte der Letzten. Der Ersten. Des Bruders. Der die waren und die später sind. Wir sahen sie wandeln. Dann gingen sie. Einst werden sie kommen.«

Catemaco wandte sich an einen anderen Curandero und sie beratschlagten sich. Auch der Rest teilte sich ihnen mit. Wir warteten still, bis die Heilenden Hände ihre Beratung beendet hatten. Anerejt wandte sich an Fürstin Aliana, nachdem er ein bittendes Zeichen von Catemaco erhalten hatte.

»Sie haben untereinander beraten, ob sie mehr über die Herrscher der Elemente berichten dürfen, aber es scheint, als sei es ihnen verboten. Sie haben sich letztlich darauf geeinigt, dass es die falsche Zeit ist. Daher bitten sie um Entschuldigung, dass sie nicht mehr erklären können«, erklärte der Blutmeister entschuldigend.

»Habt Dank für Eure bisherigen Worte«, sprach Aliana freundlich zu dem Rat der Heilenden Hände.

»Wir würden gern Euren Ahn kennenlernen. Anerejt, erklärt Ihr bitte, was ich mit Ahn meine«, bat Aliana den Blutmeister.

Nach einer kurzen Erläuterung antwortete Catemaco: »Der Ahn ging mit Elementen. Und kam nie wieder.«

»Wie erlangte Euer Ahn die Heilkräfte?«, fragte meine Fürstin.

Der Curantero neben Catemaco antwortete ihr sofort beflissen: »Ein mächtiger Krieger. Viele Blumen. Hohe Zahl an Opfer nach Tenochtitlán gebracht. Wir Mexica leben dank Opfer. Wir bieten Opfer unseren Göttern. Doch mächtiger Krieger, unser Ahn, verriet Xochiyaoyotl.«

Anerejt blickte zu Aliana und mir, als er den Worten des Curanteros erklärend hinzufügte: »Xochiyaoyotl sind die sogenannten Blumenkriege der Mexica. Im Gegensatz zu ihren sonstigen Eroberungen waren die Blumenkriege Feldzüge, die geführt wurden, um mit Gefangenen heimzukehren. Sie wurden in Absprache mit den Nachbarn der Mexica und unter Beachtung heiliger Feste geführt. Kriegerreihen traten jeweils gegeneinander an. Ziel der Blumenkriege war es Gefangene zu machen. Besiegte wurden meist nicht getötet, sondern am Leben gelassen, damit sie sich unterwarfen. Krieger die ausreichend Gefangene nach Hause führen konnten, durften aus dem Kampf treten. Sie kehrten ehrenvoll in ihre Heimat zurück. Die Gefangenen, die zur Kennzeichnung Holzkragen trugen, kamen meist ohne weitere Gegenwehr mit und wurden von der siegreichen Partei den Göttern geopfert. In einem heiligen kannibalistischen Ritual durfte der Sieger und dessen Familie gewisse Teile des Geopferten verspeisen.«

Ich starrte Anerejt an und mir entfleuchte entsetzt: »Wie barbarisch.«

Der Blutmeister verzog keine Miene, als er mir lapidar erwiderte: »Die Gefangen waren damit einverstanden und ihren siegreichen Meistern sehr ergeben.«

Ich schüttelte den Kopf. Anerejt sprach ein paar Worte zu den Heilenden Händen, die daraufhin ungewöhnlicher Weise für Vampire lachten. Ich konnte meine folgende Bemerkung an Anerejt beim besten Willen nicht zurückhalten: »Ich verstehe, dass ein Blutmeister daran nichts unmenschliches findet.«

Aliana legte beschwichtigend eine Hand auf meinen Arm. Es beruhigte mich.

»Wie verriet Euer Ahn die Xochiyaoyotl?«, fragte Aliana den Rat der Heilenden Hände.

Erstaunlich, dass sie sich dieses Wort so schnell hatte merken können. Und das sie es überhaupt auszusprechen vermochte.

»Der Ahn verweigerte die Opfer.«

Und damit beging der erste der Heilenden Hände wohl sein Sakrileg und erlangte diese besonders für Vampire außergewöhnlichen Kräfte.

Wir führten noch ein angenehmes Gespräch, in dem wir einige Neuheiten aus Europa erzählten, und berichteten, was dort in der Welt der Menschen über die Westfeste gedacht wurde. Catemaco berichtete uns vieles über die vergehende Kultur der Azteken, und wie die spanischen Eroberer die große Kriegsmacht der Azteken vernichtet hatte.

Die Soldaten des mexikanischen Reiches waren in Kasten gegliedert. Stolz trugen die Krieger ihre Kastenzugehörigkeit zur Schau. Es gab unter anderen die Adler- und Jaguarkrieger, die Otomi, die Geschorenen. Bei allen wurde die Ehre ihrer Kaste hoch bewertet, und sie kämpften mit Leidenschaft. Immerhin ließen sie sich ja auch freiwillig verspeisen, wenn es darauf ankam, dachte ich mir.

Wir kamen auch auf die Natur der neuen Welt zu sprechen, bereits auf unserer Hinreise hatte ich einen Eindruck von der fremdartigen Welt bekommen. Ein wenig erinnerte mich das an meine Reise durch Afrika, dennoch hatte dieses Land seinen eigenen Charme und Gefahren. Catemaco bot mir an, am nächsten Tag zwei treue menschliche Freunde zu senden, die mir die Umgebung und Natur bei Mexiko-Stadt – er sprach noch von Tenochtitlán – zeigen könnten.

Gern nahm ich das zuvorkommende Angebot an. Ich freute mich bereits darauf, für Studien einige Gifte sammeln zu können. Einiges, was die hiesige Flora und Fauna bot, hatte ich bereits auf der Hinreise erblicken können. Von den Tieren sagten mir trotz der riesigen Vielfalt und den teilweise sehr fremdartigen Exemplare gerade die kleinen Frösche zu.

Nachdem ich ihn darum bat, willigte der Curandero Catemaco ein, mir von seinen Getreuen auch die sehr giftigen Baumsteigerfrösche zeigen lassen, zu denen die Färberfrösche gehörten. Sie wirkten wie kleine Kunstwerke aus Porzellan, die detailliert bemalt waren. Ich sah sie gern an und interessierte mich für ihre Gifte. Meine Ausbildung in den schleichenden Künsten schlug wieder zu.

Die Färberfrösche werden dank ihres Giftes zu den Pfeilgiftfröschen gezählt, allerdings sind sie giftarm im Vergleich zu dem sogenannten Schrecklichen Pfeilgiftfrosch aus Kolumbien, von dem ich aber erst weit später erfuhr und der danach zu meinen Lieblingstieren zählte.

Ich war darüber sehr aufgeregt und fieberte direkt dem Tag entgegen. Alleine ohne Führung hätte ich mich nicht in die Natur dieser Welt gewagt.

Als wir uns knapp vor dem Morgengrauen von den Heilenden Händen verabschiedeten, ließ sich ein jung wirkender Curandero kniend vor uns nieder. Aber jugendliches Aussehen bedeutete nichts in der Welt der Finsternis. Der Vampir hatte sich bislang in der Versammlung still verhalten. Jetzt ergriff er meine und Alianas Hand und sprach ruhig in beinahe perfektem Französisch zu meiner Fürstin und mir: »Ihr werdet ein Geschenk erhalten von den Göttern selbst.«

Aliana starrte auf ihn nieder, und ich fragte verwirrt: »Aber seid nicht Ihr und alle Wesen der Unsterblichkeit Götter dieser Welt?«

Er schaute von unten zu mir auf und seine Augen fesselten mich: »Ja.«

Die Curanderos verließen ohne weitere Worte das Temazacal noch vor uns.

UNBERÜHRBAR

Aliana. Reglos lag ihr Körper dort im Totenbett. Angeschlossen an eine Vielzahl von Maschinen, auf und unter sterilen weißen Laken.

Nach Landung unseres Fluges in Portugal hatten wir uns ohne Umschweife in das Krankenhaus begeben. Ich weilte an dem Bett, das den toten Leichnam meiner Geliebten trug.

Es fiel mir nicht leicht, diesen Leib dort verharren zu sehen. Kalte Arme wie immer, aber diesmal würden sie mir keine Umarmung schenken. Meine Göttin konnte meinen Schmerz nicht lindern. Eine Göttin, all ihrer Macht beraubt.

Einen Gott vernichtete man, in dem niemand mehr an ihn glaubte. Das stimmte nicht. Ich glaubte an Aliana, dennoch existierte sie nicht mehr.

Halte mich in Deinen Armen, halte mich fest. Denn Du bist mein Leben, mein Herz, meine Göttin. Ohne Dich bin ich ein Mensch ohne Glauben, ein Sterblicher der vergeht. Sei bei mir und schenke mir Deine Küsse, die Süße Deiner Lippen, Deine Kühle und Wärme. Du lebst in meinen Träumen und schenkst mir Leben.

Ich saß an dem Totenbett und starrte auf meine Geliebte. Nur die medizinischen Instrumente blickte zu mir. Am liebsten würde ich aufspringen und diese Ansammlung aus Elektronik, Metall und Kabeln zertrümmern. Aber immer wenn ich auf ihre starre Miene sah, beherrschte ich mich. Sie war der Inbegriff von fehlenden Gefühlsausbrüchen gewesen.

Ich zog mit den Fingern ihre schönen das Gesicht betonenden Augenbrauen nach, strich durch das glatte Haar.

Jetzt waren meine Gedanken ganz bei Aliana. Vor dem Betreten des Krankenhauses hatte ich noch an unsere erste Zeit in der Westfeste gedacht.

FREMDE MÄCHTE

Ein leichtes Lächeln umspielte meine Lippen als mein Blick Alians traf. Alianas zarte Lippen hatten ihren Tribut gefordert und mit ihrer Zunge nahm meine Fürstin den letzten Blutstropfen des Konquistadoren auf.

Wir waren in unseren Gemächern, Aliana hatte den Soldaten noch vor der Stadt gefangen und betäubt und in unserer Sänfte mitgeführt. Hier hatte sie sich an seinem Blut gelabt.

Ich ging zu Aliana und meine Hand strich über ihr volles anschmiegsames Haar. Der Körper des spanischen Kriegers lag am Boden. Anerejt würde sich später um ihn kümmern. Leichen verschwinden zu lassen war hier leicht. Schlimmer war die Tatsache, dass dieser blutleere Soldat vermisst werden würde. Und der Verdacht würde sicherlich auf die ursprünglichen Bewohner von Tenochtitlán fallen. Dies verhieß Schlimmes für all die Azteken, die noch in der eroberten Stadt lebten.

Aber wir hatten den Konquistador daran hindern müssen, die Curanderos zu verraten. Auf dem Rückweg vom Temazcal hatte ich ihn bemerkt. Wahrscheinlich war er uns nicht auf dem Hinweg gefolgt, sondern einer anderen Spur. Wir hätten ihn sonst bereits vorher bemerkt.

Die Wachen waren angewiesen, verdächtige Einheimische zu verfolgen, um ihre heimlichen Treffpunkte auszumachen. Aliana beugte sich über den getöteten Mann und durchsuchte ihn rasch.

»Ich rede morgen Nachmittag nach meinem Ausflug mit Antonio de Mendoza. Ich werde sagen, wir fanden den

Soldaten im Wald, von Tieren getötet und haben ihn begraben. Der Vizekönig wird denken, der Soldat wäre meinen Begleitern und mir gefolgt«, sinnierte ich auf der Suche nach einer Lösung.

»Und er wird wollen, dass Du seine Diener zu dem Leichnam führst, damit ein Priester ihm die letzte Ruhe gewähren kann«, wandte Aliana ein.

»Ich werde den Weg nicht mehr finden, falls es dazu kommt. Und letztlich wird der Vizekönig Dich und somit mich nicht verärgern wollen«, verteidigte ich meine Idee vor meiner Fürstin.

Aliana erhob sich und ihre schlanke Figur verharrte dicht vor meinem Körper. Sie wirkte wie immer dermaßen kraftvoll und gebieterisch, kühl und gelassen. Eine unantastbare Göttin aus Marmor.

»Danke, Hilo«, sagte sie zu mir, und ich wusste, dass diese beiden Wörter aus ihrem Mund mir Kraft für mehrere Tage schenkten.

Sie küsste mich zärtlich. Ihre Lippen schmeckten salzig vom Blut. Ihre schönen dunklen Augen stachen in mich. Als sich Aliana wieder von mir löste, meinte sie: »Aber ich glaube nicht, dass er in königlichem Auftrag unterwegs war.«

Sie deutete auf eine bestimmte Stelle am Körper, und ich prüfte dies sorgfältig. Direkt neben ihren frischen Bissspuren gab es weitere. Mehrere Einstiche, mit unterschiedlichem Heilungsgrad.

»Meinst Du, er ist ein Spion der Heilenden Hände?«, fragte ich meine Fürstin.

»Zumindest gibt er sich Vampiren hin«, sie zuckte mit den Schultern.

Anerejt war getrennt von uns zurückgereist, nur die menschlichen Begleiter hatten uns geführt. Der Soldat hätte beinahe einen von ihnen getötet, als er von mir entdeckt worden war. Aber Aliana hatte zu schnell reagiert.

»Was ist mit den anderen Häusern?«, fragte ich Aliana.

Ihre schwarzen Augen mit dem grünen Rand offenbarten lediglich ein unergründliches Mysterium.

»Die der alten Welt? Mir ist keine Überfahrt bekannt. Die Blutmeister können uns vielleicht mehr sagen.«

Unter den Blutmeistern gab es Rituale um zu bestimmen, von welcher Art ein Mensch befallen wurde. Ich sorgte dafür, dass Anerejt zu uns gebracht wurde.

Der Anführer der Expedition des Hauses Baphomet in der Westfeste kam bald zu uns. Er war aufgelöst, als er von dem Zwischenfall erfuhr, und entschuldigte sich mehrfach uns nicht begleitet zu haben, sondern noch ein Dorf in der Nähe besucht zu haben, um dort einige Belange der Expedition für uns zu klären. Aliana beruhigte ihn mit ihrer kühlen Art, so dass er sich wieder auf das Problem selbst konzentrierte.

»Die Wachen sind sehr misstrauisch, darum sind immer viele Soldaten als Kundschafter unterwegs. Sie spionieren den Einheimischen nach. Aber Eroberer als Diener unserer Art sind mir unbekannt. Wir selbst laben uns an unseren treuen Vasallen, die die Überfahrt mit uns begangen haben. Und die Curanderos halten sich fern von den Eroberern.«

Den kurzen Rest der Nacht war Anerejt im Ritual versunken. Aber das Einzige, was er uns vor dem Aufgang der Sonne kundtun konnte, war, dass er die Machtlinie nicht kannte. Aliana und ich tauschten einen vertrauten Blick, als Anerejt uns dies mitteilte.

Als er gegangen war meinte sie: »Er hatte nicht mit allen uns bekannten Machtlinien Kontakt. Vielleicht ist es bloß eines der fernen seltenen Häuser...«

»... welches seinen Weg in die Westfeste gefunden hat«, beendete ich ihren Satz. Wir glaubten wohl beide nicht daran.

GESCHENK DER GÖTTER

Die Gegenwart holte mich wieder ein. Schenkt man sein Glück jemand anderem, wird man es für immer behalten.

Tränen rannen über mein Gesicht, während ich auf Aliana blickte. Eine vernichtete Göttin, ein leerer Tempel. Das Gotteshaus in diesem Bett war aber nicht so verlassen, wie es dies nach dem Entreißen des letzten Wahren Tropfens sein müsste.

Zwischen all den mit Schläuchen und Kabeln verwebten unheilverkündenden Maschinen grinste mich der eine Monitor an, der mich in allen meinen gottlosen Träumen verfolgen würde. Träumen derart, die einem klar machen, dass nicht der Gott uns verlassen hat, sondern wir ihn.

Der Monitor griente mit einer dünnen Linie, die rhythmisch in spitzen Zacken ausschlug. Es war meine Zukunftslinie, man brauchte kein Hellseher zu sein, um darin zu lesen. Aber man musste ein Wahrsager sein, um sie richtig zu interpretieren.

Ich erwiderte das Grinsen mit einem dümmlichen Blick. Gideon legte seine Hand auf meine Schulter und gab mir den Halt den Augenblick zu überleben. Die Nacht aller Nächte war angebrochen, die Engel sollten frohlocken. Mir wurde schwindelig.

Eine Ärztin betrat in diesem Augenblick den Raum, und ihr plötzliches Eindringen lenkte meine Aufmerksamkeit auf sie. Dr. Romero nickte mir nur kurz zu, sie stammte aus einer Familie moderner Templer und Angehöriger des Hauses Baphomet. Ich hatte ihren Namen auf dem Schild an ihrem Medizinerkittel gelesen. Obwohl ich oft in diesem

Krankenhaus gewesen bin, um im Kampf verletzte Templer zu ehren, hatte ich sie nie kennengelernt. Nicht verwunderlich, denn sie stammte aus einem Station, die ich nie aufsuchen musste.

Sie zog einen Stuhl zu sich und setzte sich neben Aliana aufs Bett. Mit einem Fingerdruck aktivierte sie einen weiteren Monitor und mit geschickten Bewegungen führte sie einen medizinischen Handapparat über den toten Körper. Noch bevor sie zu einer Erklärung ansetzen konnte, verließ ich meinen Körper und sackte zu Boden. Das Schwarz-Weiß des Monitors hatte mich in Dunkelheit getaucht und mir meine Sinne geraubt. Mit Schwärze vor Augen fiel ich in Gideons Arme.

Das Pulsieren des Bildes, die sich verändernden Zacken der Linie des anderen Monitor, das alles gemeinsam hatte mich außer Gefecht gesetzt. Das Schlagen des Herzens und das Abbild unseres Kindes im Tempel meiner Göttin.

EVANGELINA

Das Wetter in London war glücklicherweise freundlich zu mir. Es war trocken, und der Wind hielt sich zurück. Der Witterung in der Hauptstadt Großbritanniens musste man aufgeschlossen gegenübertreten, dann tat sie dies auch.

Evangelina Camilla Rousseau, die neue Großmeisterin des Ordens der Templer verweilte in London. Ich hatte sie nicht zu mir bitten können, denn in den zuletzt von ihr eingetroffenen Reports berichtete sie, dass sich die Lage in London bezüglich der Treffen der anglikanischen und katholischen Kirche verschärft hatte.

Es war besser, sie in der momentanen Situation und in ihrer neuen Position als Großmeisterin nicht durch überflüssige Reisen zu belasten. Mir tat der Ortswechsel gut, denn unser Anwesen in London hatte ich immer geliebt. Aliana und ich hatten hier in vielen Jahrhunderten schöne und oft auch spannende Zeiten verbracht. Mrs. Austen hätte sicherlich interessante Geschichten über uns formuliert, wenn sich die Gelegenheit geboten hätte, dass uns jemand in der Gesellschaft einander vorgestellt hätte.

Ich betrat die geheime Stadtfestung der Templer und wurde sofort zu der Ordensritterin Evangelina Camilla Rousseau geführt. Früher hatte diese Ritterin, deren Vornamen für die frohe Botschaft, das Evangelium und Priesterin stand, den französischen Zweig der Templer geleitet. Jetzt führte sie die britischen Ritter an.

Sie trug ihr kastanienbraunes Haar lang und offen. Wenn ich ihr Alter schätzen sollte, hätte ich auf die zweite dreißiger Hälfte getippt. Aber ich beschäftige mich nur selten mit den Jahresfesten, die Menschen erlebt hatte. Sie war von hoher schlanker Statur, mit vom Schwertraining gestärkten Muskeln. Sie war steckte in der vollen Rüstung der Templer, sicherlich extra für diese Begrüßung besonders poliert. Tiefblaue, sehr aufmerksame Augen blickten mir fest entgegen. Auch sie hatte mich bereits mehrfach gesehen. Aber es kam mir so vor, als analysierte die Templerin mich beim Betrachten, wie eine Person beim ersten Kennenlernen. Ich vermutete, dass sie einen festen Händedruck hatte. Ich konnte dies nicht verifizieren, da sie mir ihre Hand nicht reichte.

Evangelina begann unser Gespräch ohne Umschweife und ohne Forderung meinerseits damit, den Treueschwur zu leisten. Die Großmeisterin kniete vor ihren Rittern vor mir nieder, reichte mir ihr Schwert und beeidete ihre Loyalität. Sie erneuerte damit den Pakt zwischen dem Haus Baphomet und dem Orden der Templer.

Ich kannte die edle Ritterin bereits aus vergangenen Zeremonien. In unserem persönlichen Gespräch war ich dennoch angenehm überrascht über ihre Integrität und Besonnenheit, anders, als ich dies sonst von den Rittern und den Templern kannte. Anscheinend hatte ich gemäß der Empfehlung des Lord der Schatten Imhotep eine gute Wahl für die künftige Führung des Ordens getroffen.

Ihr Schwur war keineswegs ein rein formeller Akt. Ich spürte, dass er ihr etwas bedeutete. Es war gut zu wissen, dass die Templer noch an meiner Seite weilten. Wobei ich zugeben muss, niemals gedacht zu haben, einen Tag zu erleben, an dem ich dies denken würde.

Wir redeten auch über die momentanen Begebenheiten in London, über die uns ihre Komturei berichtet hatte.

Komturei ist der Begriff für die Niederlassungen der Ritterorden, auch als »Kommende« bezeichnet. Evangelina war als Komtur die Leiterin des Standorts. Sie war auch als Landkomtur die Vorsteherin der jetzigen britischen Ballei, die verwaltungstechnisch mehrere Niederlassungen umfasste.

»Es gibt neue Informationen, was die Kirchen miteinander zu beraten haben. Die Prieuré de Sion war der Auslöser.«

Ich wurde hellhörig, handelt es sich bei dieser Prieuré doch um den Orden, den Kalai selbst mit menschlichen Freunden Baphomets ins Leben gerufen hatte. Nach seiner Zeit als Knappe, als er den ersten Fürsten seines Hauses ablöste, gründete er diesen Orden Notre Dame de Mont de Sion, kurz die Prieuré de Sion. Seit ihrer Zeit in Jerusalem war die Prieuré mir nicht mehr auffällig geworden. Der Orden hatte damals für Kalai Sara bewacht. Die Frau, deren Vergewaltigung das Sakrileg Baphomets war. Die Mutter Marketas. Sara, die möglicherweise die Blutlinie Jesu weitergeführt hatte.

»Um was genau geht es?«, fragte ich in vager Hoffnung auf eine zufriedenstellende Antwort.

Großmeisterin Rousseau zuckte bedauernd mit den Schultern: »Das konnten wir noch nicht herausfinden. Aber ich habe bereits mit Mitglieder des Hosenbandordens gesprochen. Eventuell können Sie uns insgeheim Einlass zu den Sitzungen verschaffen. Falls nicht bekommen wir zumindest genaue Gesprächsprotokolle.«

Nachdem die englische Kirche als Teil der anglikanischen Gemeinschaft den Erzbischof von Canterbury als Primas hat, und dieser vom britischen Monarchen nach Vorschlag vom Premierminister eingesetzt wurde, war der Hosenbandorden der richtige Ansatzpunkt. Immerhin waren Monarch und Premierminister Ordensträger und der Posten des Prälat des Ordens wurde grundsätzlich vom Bischof von Winchester der Kirche von England besetzt. Optimale Beziehungen zahlten sich stets auch im Gewebe der Nacht aus.

Evangelina erkundigte sich nach meiner künftigen Strategie und meinen Plänen. Ich hatte darauf leider keine befriedigende Antwort. Erst nach unserem ersten Gespräch sollte ich eine finden.

COVENT GARDEN

Danach zog ich mich zum Covent Garden Market zurück, um meinen Kopf frei zu bekommen. Ich lauschte den Klängen eines Liedes des freundlichen Sängers, der für einige freiwillig gespendete Cents alle Anwesenden mit Musik beglückte. Frieden erfüllte mich.

Zum ersten Mal seit langer Zeit empfand ich weder Hass, Wut noch Furcht. Trauer war da, aber sie war nicht mehr ein Sog, der meine Energie raubte, sondern eher ein Buch voller Erinnerungen an meine Liebe.

Mein Geist war ausgeglichen, als ich hier an eine Säule gelehnt auf dem steinernen Boden saß und lauschte. Die Passanten blendete ich einfach aus. Meine Füße hatten mich hergeführt, zufällig wie alle Geschehnisse, welche die Zeit beobachtet. Was bedeutet, irgendwann hatte ich hier landen müssen.

Ich erinnerte mich an alle Zeiten, in denen Aliana neben mir gesessen hatte. In denen sie in ihrer wunderbaren Aura neben mir geschritten war. In denen sie bei mir gelegen hatte.

Ich erinnerte mich an alle sterblichen Freunde, welche wir gemeinsam verloren hatten. Die Kampfgefährten, die in meinen Armen gegangen waren, als auch die, welche in der Ferne entschlafen waren. Und wie meine geliebte Fürstin in solchen Zeiten trotz ihrer Kühle den Toten nah war.

Ich erinnerte mich an Aliana, wie sie meine Hand hielt, wie ich von ihrer Stärke zehrte. Ein sehr langes Leben hatte ich von und mit ihrer Kraft gelebt. Es war Zeit meine eigene Stärke zu finden. Hier sitze ich, Hilo, allein. Nicht als

Getreue, nicht Gefährte, nicht Geliebter. Nicht Fürst meines Hauses. Nur ich.

Wenige Menschen können behaupten sich selbst jemals gefunden zu haben. Keinem Menschen wurde dafür so viel Aufmerksamkeit von der Zeit gewidmet wie mir. Ich hatte ein langes Leben.

Manchmal ist die Zeit gnädig. Und wenn der Abend geht und die Nacht kommt, ist man nicht mehr ängstlich, auch wenn kein Licht Helligkeit spendet. Denn wenn die Welt untergeht, Berge in Meeren versinken, der Himmel erzittert und fällt, und die Zeit voller Gnade ist, schlummert Aliana in meinem Herzen.

Erwarte das Unerwartete. Denn wer das Erwartete erwartet, wird vom Unvorhersehbaren überrascht. Meine Gedanken verloren sich im Spiel der Sinne beim Klang der Musik. Aber während mein Inneres trieb, festigte sich eine Kraft in mir, eine grenzenlose Quelle der Macht. Ich spürte den Stein. Aber er pochte nicht, er vermittelte keine Gefahr.

Er schien mir lediglich das zu geben, was seit dem Anbeginn der Zeit existiert hatte und in seinem tiefsten Inneren verankert worden war. Ich wusste jetzt, um was es sich dabei handelte. Und ich verstand, warum mich die Götter Naciron nannten.

In diesem Augenblick verneigte sich die Zeit selbst tief vor mir, einem alten Freund. Wir beide kennen uns bereits so lange, weit vor Hilos Geburt lernten wir uns gegenseitig zu respektieren. Viel eher kenne ich sie seit ihrer ersten edlen Stunde.

Die Grenze zwischen dem Stein und mir war geschmolzen. Oder sie war als Barriere nie vorhanden gewesen, bloß als eine Linie, die ich bislang nicht überschritten hatte. Es war kein Eindringling der mich überfiel, mehr ein Gast, der fort zog, aber ein unschätzbares Geschenk hinterließ.

GLAUBEN

Ich sollte jetzt Fürst meines Hauses sein. Von meiner Göttin verlassen, schlummerte ihr Geschenk an mich aber noch in ihrem Leib. Alianas lebloser Körper, von den Maschinen am Verfall gehindert, beherbergte wohl das größte aller Sakrilege in der Geschichte der Finsternis. Was ich dort im Hospital der Fondation Salomonici d'aide aux Malades gesehen hatte, war der Quell neuen Lebens im Mutterleib einer Vampirin.

Bislang gab es nur Hypothesen als Versuch dies zu erklären. Aber die Zeit, an der mir eine Erklärung wichtig sein wird, war noch nicht gekommen. Jetzt zählte einzig die Tatsache, dass dort seit nun mehr einigen Nächten und Tagen ein Kind in Aliana heranwuchs.

Dies war niemals zuvor geschehen. Entgegen allen Gerüchten gab es keinerlei Umstände, in denen ein Vampir jemals ein Kind gezeugt oder geboren hatte.

Und dafür gab es Erklärungen. Der Körper eines Vampirs regeneriert sich am Tag und gleitet in den Zustand vor seinem Tode zurück. Gleiches geschieht, wenn er aus dem Staub wiederkehrt. Somit kann kein Vampir seine Haarlänge über einen Tag hinaus dauerhaft variieren oder seine Körperform anpassen.

Der männliche Erguss eines Vampirs zerfällt zu Staub, bevor er zu Konsequenzen führen kann. Auch stirbt eine befruchtete Eizelle stets innerhalb eines Tages bei der Regeneration der Vampire ab. Was auch immer eine Schwangerschaft einleitet, hat keine Konklusion in der Welt der Dunkelheit.

Und doch hatten wir dieses Prinzip außer Kraft gesetzt. In Aliana lebte ein Kind von unbekannter Art und Natur. Ich hatte es gesehen, seinen Herzschlag vernommen. Ihr Kind. Mein Kind?

Was unterscheidet mich von den Lebenden? Von den Menschen dieser Welt, die wie ich Gefühle besaßen, lachten und weinten, liebten und hasste. Die sich in ihre Gesellschaft einfügten oder ausbrachen, im Strom mit schwammen oder ihre Umwelt gestalteten. Ich lebe. Sie sterben.

Die Nacht hat mich neu geboren. Wiedererstarkt. Ich lebe dank dem neuen Leben, das in meiner Göttin schlummert. Die Fürstin der Dunkelheit hatte mir ein letztes Geschenk hinterlassen. Ich hingegen musste mich würdig erweisen. Vielleicht würde dieses Kind die Dunkelheit erleuchten oder das Licht ins Verderben führen.

Heiliges Licht oder ewige Finsternis als Offenbarung für die Zukunft. Oder es war einfach nur ein Kind.

Die Zukunft würde dies offenbaren. Die Zeit, eine alte Bekannte, würde sie zu uns tragen. Die Träume der Menschen sind gefüllt von Sehnsucht nach Unsterblichkeit. Doch die Träume der Unsterblichen dagegen handeln nicht von Leben und Tod. Die Unsterblichen wissen von der Perfektion der Menschen. Denn deren Leben hat einen Sinn aufgrund ihres Todes. Alles was endet muss einen Sinn haben, denn sonst wäre es untragbar. Der Sinn liegt im Endlichen selbst. Der Tod verschafft dem Leben erst den Wert. Einen Wert, der gegen nichts aufzuwiegen ist.

Die Unsterblichen suchen einen ähnlichen Sinn in ihrer Existenz. Einen Wert. Einen Hoffnungsschimmer nicht auf ewig in der Bedeutungslosigkeit zu versinken. Ich hatte meinen verloren, als Alianas leblose Hülle in meinen Armen gelegen hatte. Doch der Wert des Lebens war zurückgekehrt. Unser Erbe.

Nach der Zeit im Covent Garden war ich zum Templersitz zurückgekehrt und hatte mit der Großmeisterin erneut beratschlagt. Sie erkannte mich kaum wieder, als ich ihr jetzt meine Pläne offenbarte.

FÜRST DER NACHT

Ich war jetzt der Fürst meines Hauses. Ich wusste nicht genau, was dort im Hospital der Templer geschah, aber es schenkte mir einen funken Kraft. Die Kraft, der Fürst zu sein, den ein Haus der Dunkelheit benötigt.

Ich befand mich wieder in Rom und tat, was mir als Fürst oblag.

»Yara Fortaleza, ich entbinde Euch von Euren Pflichten in der Leibgarde der Fürsten des Hauses Baphomet. Ihr seid zu Höherem berufen und werdet fortan auf unserem Anwesen in London in den geistlichen Rängen Eures Ordens Dienst tun. Eure Großmeisterin hat nach meinem Rat diese Entscheidung getroffen.«

Entsetzt starrte mich die Templerritterin an, die jahrelang in meiner Nähe Aliana zur Verfügung gestanden hatte. Es gab unter den Templern keine größere Ehre, als den Fürsten des Hauses Baphomet zu dienen. Dem Haus, an das der Orden seinen Glauben verschrieben hatte.

Eine größere Schmach konnte ein Templer nicht erfahren, als von dieser Aufgabe vorzeitig entbunden zu werden. Der gesamte Orden würde wissen, dass sie mein Vertrauen verloren hatte. Und alle Templer würden sie meiden und wie eine Aussätzige behandeln.

Prinz Gideon hatte für ihre Unschuld gebürgt. Er hatte sie nach dem schrecklichen Vorfall einer schmerzhaften Gedankenlesung unterzogen. Dennoch war mir, als wüsste sie mehr von dem, was hinter allem steckte. Und ich vertraute meinem Gefühl nach all dem eher, als sonst einem Wesen.

Fortaleza setzte zu einer Bemerkung an: »Mein Fürst, ich bitte Euch…«

Doch mir gegenüber nicht zu äußern was sie wusste, konnte ich nicht verzeihen.

Ich hatte mich mit niemandem beraten. Stattdessen hatte ich direkt nach meiner Rückkehr nach Rom eine Versammlung mit den ranghöchsten dort stationierten Templern und Angehörigen des Hauses einberufen. Der Lord der Schatten Imhotep und Prinz Gideon waren ebenso geladen. Sie alle wussten nicht, was ich an Entscheidungen verkünden würde. Bevor ich in den Ratssaal getreten war, hatte ein Bediensteter dafür gesorgt, dass meine Anweisung Fortaleza zu versetzen bereits parallel vorbereitet wurde. Sie würde ihre Sachen gepackt vor den Türen des Ratsaales finden.

Es war Zeit zu handeln.

Imhotep unterbrach die Ritterin und ließ sie ihre Bitte nicht aussprechen: »Fürst Naciron, ich denke, die fähige Kommandeurin Eurer Leibgarde in Zeiten wie diesen zu wechseln, sollte vermieden werden.«

Ich blickte ihm mit starrem und sehr menschlichen Blick direkt in seine unsterblichen Augen: »Und ich denke, als Fürst meines Hauses treffe ich meine Entscheidungen.«

Mit kalter Stimme fügte ich hinzu: »Ritterin Fortaleza war uns lange Zeit treu genug, um sich verdient zu haben, in Zeiten der Gefahr in der Geistlichkeit bei den Gebeten für die Stärke des Ordens und des Hauses zu helfen.«

Der zweite Schlag in ihr Gesicht.

»Desweiteren wird das Haus Baphomet umgehend aus Rom abreisen. Dieser Standort wird vorerst geschlossen und versiegelt.«

Gideon fiel mir nach einem Blick von Schattenlord Imhotep ins Wort: »Wie kannst Du daran denken, dem Haus jetzt eine Reise voller Gefahren aufzubürden?«

Ich schaute ihn still an. Nach einer Pause redete er weiter auf mich ein: »Feinde sind eingefallen, aber jetzt kennen wir die Schwachstellen und haben die Verteidigung verstärkt. Hier ist das Haus sicher.«

Ich erhob meine Stimme: »Mein Haus Baphomet verkriecht sich nicht in Sicherheit, wenn es einem Angriff zum Opfer fiel. Mein Haus lässt keinen feindlichen Akt ungesühnt. Das Haus Baphomet versteckt sich nicht, ebenso wenig wie sein Fürst.«

»Was genau soll das bedeuten?«, fragte Imhotep mit gefährlich leiser Stimme.

»Das bedeutet, die Verräter Mackinnons, Polejov und Marketa«, bei den drei Namen sah ich zu Yara Fortaleza, die versuchte ihr Zittern unter Kontrolle zu halten, »stehen fortan unter dem Blutbann des Hauses Baphomet. Sie werden mit allen Kräften des Hauses gejagt.«

Der Lord der Schatten nickte ganz leicht, als würde er ungefällig zustimmen.

»Und es bedeutet, Großmeisterin Evangelina Camilla Rousseau stellt die Templer unter den wehenden Gonfanon Baucéant und die werten Gardisten der Theresianischen Militärakademie entsenden uns treue Soldaten. Das Hause Baphomet wird mit allen seinen Verbündeten in den Krieg ziehen.«

Sprachlosigkeit herrschte im Ratssaal. Wäre Aliana hier an meiner Seite gewesen, hätte mich die Überraschung der Anwesenden mehr als diebisch erfreut. Imhotep trat vor mich.

»Kein Haus zieht in den Krieg, ohne vorherige Versammlung der Dunkelheit. Die Stabilität der Häuser muss gewahrt werden!«

Ich war es, der Imhotep unterbrach.

»Ich habe die anderen Häuser bereits informiert. Es gibt eine Versammlung in Rennes-le-Château. Die Fürsten werden kommen. Alle werden die Versammlung wieder verlassen, aber jeder muss für sich entscheiden, ob er in Frieden oder in Feindschaft zu meinem Haus geht.«

Die Hände des Schattenlords pressten sich um die Marmortafel und seine Finger bohrten sich hinein. Sie brach unter seinem Druck. Der Fürst des Hauses und meiner von mir gegangenen Geliebten treuer Vater der Nacht taxierte mich kühl. Weder Feindschaft noch Zuneigung sprach aus diesem Blick, der mir bekannt vorkam. Lediglich die Risse im Marmor zeigten, was er von meinen Worten hielt.

RENNES-LE-CHÂTEAU

Wer war dieser Jesus von Nazareth? Entsprach er wirklich der Göttlichkeit? Sein Blut lebte weiter in Marketa, Tochter Saras. Aber auch in Aliana, denn sie hatte sowohl von Marketa getrunken, als auch von Kalai. Damit hatte sie auf zwei Arten das Blut derer zu sich genommen, die vielleicht Nachfahren Jesus gewesen waren. Hatte dieses Blut das göttliche Wunder einer Empfängnis ermöglicht?

Aber das erklärte nicht, warum es mehrere hundert Jahre gedauert hatte, bis dies passierte.

Jeden Tag erkundigte ich mich mehrfach nervös beim Hospital, und jedes Mal wurde mir versichert, dass man Lebenszeichen vom Embryo wahrnahm. Das Kind wuchs recht schnell heran. Ansonsten waren noch keine Besonderheiten auszumachen. Ich vermute, Imhotep ließ ebenso im Geheimen weitere Untersuchungen vornehmen, aber davon erfuhr ich nichts. Es gab ein Kind, und es schien zu leben. Noch war es ein Mysterium, aber davon war meine Welt der Vampire und Templer voll.

Das neue ungelöste Mysterium war das ungeborene Kind. Das Leben. Ein anderes war dem Leben gegenübergestellt.

Denn eines der größten Geheimnisse der Templer ist mit dem Ort Rennes-le-Château in Frankreich verbunden. Der Ort, an dem ich die nächste Versammlung der Nacht einberufen hatte.

Dinge, die ich erst kürzlich herausgefunden hatte, ließen mich diesen Ort erwählen.

Denn hier ließ der Orden der Templer im Jahr 1156 Ausgrabungen mit eigens aus Deutschland geholten

Minenarbeitern vornehmen. Die Entscheidung, die Arbeiter extra aus einem anderen Land anreisen zu lassen, wurde getroffen, da diese nicht mit der Bevölkerung reden konnten. Geheimnisse bewahrt man am besten, in dem nie über sie geredet wird.

Die meisten, die sich auf die Suche nach diesem Geheimnis des Templerordens machen, suchen in Rennes-le-Château selbst. Viel eher sollten sie in deutschen Landen forschen, um vielleicht Aufzeichnungen der Arbeiter zu ergattern. Denn in Rennes-le-Château war das Geheimnis längst vom Pfarrer der Ortschaft gefunden worden.

Der Pfarrer namens Sauniere der Kirche Sainte-Madeleine ließ Ende des 19. Jahrhunderts seine Kirche restaurieren, als er im Zuge dieser Arbeiten etwas fand. Sauniere hatte Pergamente gefunden. In diesen befanden sich kryptische Botschaften, die einige Angehörige der Kirche für ihn entschlüsselten.

Diese Botschaften enthielten Hinweise, mit denen der Pfarrer Kenntnisse über den bei Rennes-le-Château verborgenen Templerschatz erlangte. Sauniere reiste zum Vatikan und bekam eine Audienz beim Papst Leo XIII. und kehrte danach als reicher Mann nach Frankreich zurück. Das ist es, was die Menschheit glaubt über Sauniere und Rennes-le-Château zu wissen.

Doch der plötzliche Reichtum des Pfarrer stammte nicht aus dem Vatikan, sondern von den Templern selbst. Ein Teil des Schatzes war übrig gebliebenes Templergold, was dort in den Minen gelagert war, die Sauniere mit Hilfe der weiteren Hinweise auf den Pergamenten fand. Ob der Pfarrer aus Rennes-le-Château jemals wirklich den Papst besuchte, ist übrigens zweifelhaft. Dies ist lediglich in einer einzigen

Quelle belegt. Die Templer und das Haus Baphomet allerdings erfuhren schnell, was dort in Frankreich vorging. Das Gold konnten wir ihm lassen, aber nicht das Herz des Schatzes.

Das Geheimnis war in den Minen auf Entscheidung des Schattenlords Imhoteps selbst hin eingemauert gewesen und beinahe vergessen worden, nachdem man die Mine verborgen hatte. Es wurde nicht extra bewacht, denn dort stationierte Wachen hätten auf die eine oder andere Weise nur Aufmerksamkeit auf sich gezogen.

Gideon hatte dabei geholfen, Saunieres Sinne zu täuschen. Selbst wenn der Pfarrer gewollt hätte, er hätte nichts verraten können. Damit schützten sie die Notre Dame der Templer und sicherten wohl auch der Kirche in ihrer heutigen Form das Überleben.

Sauniere hatte mit seiner Haushälterin Marie Denarnaud den Reichtum genossen. Sie hatten ein großes Anwesen gekauft und dort luxuriös gelebt. Und er hatte seine Kirche auf teilweise höchst makabre Weise umgestaltet, dass man sie beinahe für schwarze Messen nutzen konnte. Ich vermute die heilige Reliquie der Templer hatte ihn stark beeinflusst.

Sauniere wurde schließlich, nachdem der neue Papst Pius X. die Nachfolge des heiligen Vaters antrat, wegen Messehandel angeklagt. Die Kirche duldete seinen zweifelhaft erworbenen Reichtum nicht mehr und glaubte an Untreue.

1911 wurde Sauniere des Priesteramtes enthoben. Letztlich starb er 1917 an einem Schlaganfall. Wie auch Jahre später seine Haushälterin und Alleinerbin Marie Denarnaud.

Ich gebe zu, manchmal ist die Welt der Dunkelheit nicht sonderlich erfinderisch, aber damals hat man Todesursachen nicht allzu kritisch hinterfragt. Sie stellten beide immer größer werdende Risiken dar.

Was genau fand Sauniere? Unter anderem gab es einen bekannten Hinweis auf den Pergamenten, die er gefunden hatte: »König Dagobert II. und Sion gehört dieser Schatz und er ist der Tod«.

Angehörige der Templer oder Mitglieder aus dem Hause Baphomet können leicht entschlüsseln, was hinter diesem Spruch steckt. Es handelte sich zum einen um eine Warnung, dass der Schatz nicht dem Finder gehört.

Dagobert II. war der letzte König der Merowinger. Er musste statt als Kind den Thron von Austrien – das Gebiet von den Ardennen bis zum Bodensee – einzunehmen, in das keltische Königreich Dalriada fliehen.

Nachfahre der Könige Dalriadas ist übrigens der schottische König Robert The Bruce, der vielen Templern nach ihrer Flucht vor der Verhaftung in Schottland half, und den sie in Schlachten unterstützten.

An Dagobert II. ist seine Abstammung besonders. Der Linie der Merowinger-Könige wird nachgesagt, dass sie die Blutlinie Jesu weitergeführt hat. Diese Gerüchte beziehen sich auf Geschichten von Magdalena, die nach Frankreich gereist sein soll und dort einen Sohn von Jesus Christus hatte.

Ob dies der Wahrheit entspricht lasse ich im Dunklen, aber allein die Erwähnung von Dagobert II. ist ein Hinweis auf das Blut Jesu Christi und seine Verbindung mit dem Templerschatz.

Das Haus Baphomet, sowie der Orden der Tempelritter hatte bereits einst eine Nachfahrin dieser Blutlinie in Obhut. Sara, die Mutter Marketas. Dies gehört zum zweiten Teil dieser Warnung, die die Templer zu dem Schatz hinterlassen hatten.

Denn in der verschlüsselten Botschaft wird noch Sion genannt. Sion steht für die Prieuré de Sion, dem Orden Notre Dame de Mont de Sion in der Abtei am Berg von Jerusalem, der ursprünglich für Fürst Baphomet Sara bewacht hatte. Somit sagt die Botschaft aus: Der Schatz stammt aus der Blutlinie Jesu und gehört der Prieuré de Sion. Und was der Schatz ist, wird deutlich gesagt: der Tod.

HERRSCHAFT DES BLUTES

Hier bei Rennes-le-Château fand die Versammlung der Nacht statt. Wir trafen die anderen Häuser in einem Anwesen auf dem Land, welches unseren Vasallen gehörte. Es war über den Minen gebaut, die die Templer hier einst erschaffen ließen.

Gern überließen uns die Besitzer ihre Räumlichkeiten in dieser Nacht. Es war hier nicht so prunkvoll wie ein Schloss oder eine Burg, aber ich hatte den Ort für ideal befunden. Evangelina hatte mir schließlich zugestimmt, obwohl es lange gedauert hatte, sie von meinen Plänen zu überzeugen. Nicht, dass sie mir die Dienste des Ordens verweigert hätte, aber sie hielt ihre Meinung auch nicht zurück.

Ich hatte geladen und die Fürsten waren erschienen. Schweren Herzens dachte ich an eine Versammlung zurück, die vor langer Zeit in Osteuropa stattgefunden hatte. Damals durfte ich vorher Alianas Lippen auf den meinen spüren. Diesmal war meine Fürstin weit entfernt. In einer anderen Welt. Vergangen. Und in Portugal. Dort, wo sie ein Geschenk an mich in ihrem Körper trug.

Eine Gemeinsamkeit hatte die Versammlung am Hof Drăculeas in Târgovişte, die gerade als Erinnerung meine Gedanken heimsuchte, und die heutige. Beide sollten in einem Krieg enden.

Beinahe alle Häuser, die sich unter die Necessitas Aedium ordneten, hatten ihre Fürsten oder Vertreter entsandt. Den anderen, die es nicht hergeschafft hatten, würden wir ein Protokoll der Versammlung zukommen lassen. Die verhältnismäßig wenigen Vampire, die nicht in den offiziellen Häusern weilten, waren Aussätzige und wurden von den Häusern stets vernichtet, wenn sie aufgegriffen wurden. Sie waren naturgemäß auf der Versammlung nicht vertreten.

Das Haus Imhotep wurde von Prinz Gideon und seinem Blutsvater vertreten, das Haus Skara Brae von den wunderschönen Vampirdamen Guinegaine und Aliénor d'Aquitanie.

Die beiden Damen trugen aufreizende Kleider im Stil vergangener Jahrhunderte. Strenge und Schönheit stach aus ihrem Blick. Beide saßen mir gegenüber in der großen Tischrunde. Der Kreis als Zeichen der Gleichberechtigung aller Teilnehmenden war von jeher bei den Versammlungen der Nacht die gewählte Tischform.

Selbst Artus, der sagenumwogene König hatte diese Form im sechsten Jahrhundert übernommen, nachdem er Aliana kennengelernt hatte. Meine Geliebte hatte mir davon erzählt. Ihr dachte an ihre wunderbaren dunklen Augen, bevor ich meine Stimme erhob.

Ich nahm mir nicht die Zeit, meinen Blick zu Beginn über die Anwesenden schweifen zu lassen. Ich wollte ihre Gesichter nicht sehen. Nicht bevor ich meine ersten Worte ausgesprochen hatte. Es war so schon schwer genug, meine Emotionen zu verbergen.

»Es ist Zeit, die Wogen zu glätten.«

Einige der mir zugewandten Gesichter entspannten sich sofort bei dieser Einleitung. Sie schienen andere Worte erwartet und befürchtet zu haben. Ein Mann mit groben kantigen Gesichtszügen gehörte dazu. Er war Prinz Simon und für das Hause Longinus als Vertreter für Fürst Jhalazzar erschienen.

Auch zwei Damen, von denen letztere ebenso wie Simon nicht bei der Versammlung vor dem ersten mir bekannten Vampirkrieg teilgenommen hatten, wirkten erleichtert: Ishar und Jiao.

Fürstin Ishar vom Hause Tariqa der Schari'a mit ihrem dunklen Teint bildete einen starken Kontrast zu Prinzessin Jiao, die das Haus ihrer Blutsmutter Lian vertrat. Es war das erleuchtete Haus Liang.

Ich ließ meinen Zuhörern nur den kurzen Moment von zwei Sekunden, bis ich gefasst weitersprach: »Mein Haus wurde ohne Kriegserklärung attackiert. Fürstin Aliana gab ihr Leben für die Verteidigung.«

Ich musste dies so formulieren. Ich konnte keine Schwächte eingestehen, in dem ich sagte, dass sie besiegt wurde. Zeichen von Schwäche würden mein Haus vernichten.

Einige der Anwesenden nickten bei meinen Worten. Mitgefühl ließ sich nur aus dem Blick eines Vampires ablesen, was aber in der Natur ihrer Art liegt.

Aliana, wie sehr vermisse ich Deine Kühle.

Catemaco war es, bei dem ich beinahe glauben mochte, dass bald Tränen seine Augenwinkeln säumten. Catemaco war aus Südamerika für die Curanderos angereist. Seit der Eroberung der Neuen Welt, hatte ich in einige Male in den vergangenen Jahrhunderten gesehen.

Stets waren für mich die Curanderos die seltsamsten aller Vampire geblieben. Ihre Heilfähigkeiten gegenüber Menschen waren erstaunlich, waren es doch ausnahmsweise keine destruktiven Kräfte.

Die Anwesenden dachten bereits zu wissen, was sie nach meinem einleitenden Satz im weiteren Verlauf zu erwarten hatten. Lord der Schatten Imhotep sah mich nicht an. Aber auch seine Augen hätten mir seine Gedanken nicht verraten, das hatten sie nie seit er existierte.

»Die Wogen werden geglättet durch die Vernichtung derer, die diese Wellen geschlagen haben.«

Neben Gideon, der bei seinem Vater saß, hatte das Fürstenpaar Amaya und Kouhei Platz genommen, die sonst ausgeglichenen und ruhigen Herrscher des japanischen Hauses Tadashi. Sie wirkten völlig aufgelöst entgegen ihrem Naturell. Sie beide galten als ehrenvolle Lenker aller vampirischen Aktivitäten im Land der aufgehenden Sonne. Ein sehr ironisches Synonym aus Sicht eines Vampirs.

»Das Haus Baphomet fordert vom Hause Sambesi und Nubien die sofortige Übergabe des Vampirs Ngola.«

Bewusst sprach ich nicht seinen Titel Fürst aus.

Starr blickend befand sich der ehemalige Inka-Krieger Cana Yupanqui für das Haus Aclla am Ende der Tischrunde und somit an meiner Seite. Er war Prinz seines Hauses. Sein Urahn hatte die Machtlinie gegründet, als er das höchste Tabu der Inka im 15. Jahrhundert verletzt hatte. Der Ahn hatte eine Aclla geschändet, eine der heiligen Jungfrauen der Inka. Es gab kein größeres Sakrileg für die ehemalige Hochkultur, die aus Peru stammte.

Wer auch immer eine solche Tat beging, zog die Todesstrafe auf sich, seine Familie, sein Dorf. Und die Inka beließen es nicht dabei die Menschen zu richten. Sie töteten auch jedes Tier und vernichteten jede Pflanze. Sie kannten keine Gnade, wenn jemand sich an der Frau verging, die einem Inka-Fürsten geweiht war.

Yupanqui wusste, um was es mir ging. Er trug dieses Sakrileg durch seinen Ahn in sich.

Der Inka starrte auf den Mann, der neben der Dame Aliénor uns gegenüber saß. Der Mann, der rechtmäßig sein Haus in der Versammlung der Nacht vertrat. Fürst Ngola.

»Andernfalls endet diese Versammlung mit Krieg zwischen dem Haus Sambesi und Nubien und dem Haus Baphomet.«

Alle starrten mich an. Ngola legte den Kopf schief und blickte zu mir. Ich ignorierte seinen Blick, daher konnte ich seine Gesichtszüge nicht erkennen. Aber welche Emotionen konnte man schon an einem Vampir ablesen. Ich konnte mir ohnehin vorstellen, was er dachte. Er war als Fürst der einzige Vertreter seines Hauses und würde sich wohl kaum selbst ausliefern. Alle dachten das.

Flüche prallten auf mich ein, aber auch die weit gefährlichere Stille einiger Fürsten. Imhotep gehörte zu ihnen. Catemaco war der einzige, der sein Wort an mich über das Gemurmel und Schweigen richtete. Er erhob sich und sprach mich an: »Mein Haus und ich bedauern Euren Verlust. Wir sind eng mit Euch verbunden und fühlen den Schmerz. Alle unsere Heilkräfte helfen leider nicht Euer Leid aufzuheben. Aber gemeinsam können wir sicher alle den Frieden bewahren. Lasst uns…«

Die Kräfte, von denen Catemaco sprach waren bei den Curanderos in drei Kategorien aufgeteilt. Es gab die Limpias, das waren Reinigungen, das Temazacal mit seinen Dämpfen und die Sobadas, die Energiemassagen der Heilenden Hände. Die meisten dieser Kräfte ließen sich nur auf Menschen anwenden. Sie konnten Traumata lindern, Schmerzen senken, Krankheiten lösen, Wunden heilen. Viel lag in ihrer Macht, solange ein Mensch nicht bereits verstorben war. Oder der Körper verlassen. Ich unterbrach Catemaco.

»Ich habe bereits meine Forderung genannt. Das Haus Baphomet akzeptiert keine Alternative.«

Ngola stand auf und Catemaco setzte sich daraufhin nieder. Der dunkle Fürst starrte mich an, diesmal erwiderte ich den Blick. Es war ein Blick tief in meine Seele. Aber es war nicht der übliche Ausdrucks eines Vampirs, der einen Menschen als schwaches Opfer betrachtet. Es war auch nicht das übliche Fehlen von Emotion. Es war der Blick eines Jägers. Vertraut.

»Das Haus Sambesi und Nubien wird weder seinen Fürsten noch andere dem Haus verbundene Vampire oder Menschen ausliefern. Insbesondere nicht einer schwachen Gruppierung, die sich dem Willen eines Menschen unterwirft.«

Nicht schlecht. Er hatte das Haus Baphomet schwach genannt, ihm dem Stand eines Hauses aberkannt und seinen menschlichen Fürsten als unwürdig dargestellt. Alles in einem Satz. Aber er wusste nicht was ich in meinem Kopf trug. Und was ich dachte. Heute konnte dies nicht einmal Gideon wissen, er hatte keine Macht mehr über mich.

»Wenn Euer Haus Euch, Ngola, nicht bei einer schwachen Gruppierung wissen möchte, seid Ihr beim Hause Baphomet am besten aufgehoben. Das Haus Baphomet aber interessiert sich sehr dafür, von welchem Mensch Ihr sprecht?«

Ich betonte Mensch in meinem Satz.

Ngola blickte auf mich. Er hatte bereits nach meinem ersten Satz eine Erwiderung auf den Lippen gehabt, die ihm aber während meiner letzten Worte auf der Zunge verging.

Vampire denken zum Glück schnell, zumindest die meisten unter ihnen. Um alle Missverständnisse auszuräumen, öffnete ich den Kragen meiner dunkelbraunen Robe. Ihre Augen, die im Gegensatz zum menschlichen weit mehr als nur 0,02 Prozent des Sichtfeldes scharf sehen können, erkannten Details auch auf große Entfernungen. Selbst ihre menschlichen Begleiter, die wie meine Templer am Rand des Raumes standen, ahnten, was sie sehen sollten.

Die Menschen wurden schlagartig blass, die Vampire erstarrten. Auf diese Situation war niemand außer mir und zwei weiteren Personen außerhalb des Raumes vorbereitet. Ngola stammelte entsetzt. Imhotep blickte ihn an, sprang auf und ergriff rasch das Wort.

»Wer hat das getan?«

Er zeigte auf die zwei Blutmale an meiner Halsschlagader.

»Beruhigt Euch, Schattenlord«, sagte ich in beherrschtem Tonfall zu Imhotep.

Blicke voll plötzlichem Wissen fielen zwischen Imhotep und seinem Blutssohn Gideon.

Ich erhob meine Hand, ein vereinbartes Zeichen. Der Ritter, mit dem ich das Zeichen abgesprochen hatte, benötigte einen Moment sich zu fangen. Vermutlich war der Auftritt daher noch wirksamer.

Corvin Connor, Mitglied des Dunklen Arms der Templer und der neue Kommandant meiner Leibgarde löste sich von seiner Nachteinheitgefährtin Jacinda Bernabeau und öffnete einen Vorhang. Dahinter lag ein Durchgang zu einem Nebenraum. Meine beiden Mitverschwörer traten ein.

Die Großmeisterin des Ordens Pauperes commilitones Christi templique Salomonici Hierosalemitanis schritt Stärke demonstrierend in voller Kriegsrüstung samt Schwertgurt in den Versammlungsraum. Hinter ihr trottete eine Frau, deren umherschweifende Miene stets zwischen gehetzt und völliger Teilnahmslosigkeit wechselte. Evangelina trat an meine Seite, der Inka-Krieger Cana Yupanqui machte ihr

Platz. Die Templerin zog ihr Schwert, kniete sich tief vor mir nieder und reichte mir symbolisch ihre Waffe. Ich erwiderte die Geste, in dem ich den Knauf kurz berührte, aber das Schwert nicht an mich nahm.

»Mein Fürst, ich bringe Euch Sara aus der Linie der Maria aus Magdala beim See Genezareth.«

Mein Meisterstück. Die Vampirin hinter der Ritterin, die Evangelina angekündigt hatte, kicherte beim Klang ihres Namens. Ich war mir sicher, dass niemand sonst kicherte. Alle anwesenden Tempelritter waren nach Evangelinas Satz demütigst zu Boden gesunken. Mir war, als könnte ich alle ihre Herzschläge vernehmen.

Ngola sprach das aus, was einige der anderen Vampire vielleicht dachten, sofern sie über die christliche Geschichte oder die Herkunft meines Hauses Baphomet informiert waren: »Damnation Éternelle.«

Imhotep zertrümmerte den Tisch unter ihm mit einem Hieb seiner Hand. Bereits das zweite Mal in wenigen Nächten, dass Marmor dem Schattenlord nachzugeben hatte.

»Was habt Ihr getan?«, fuhr er mich an.

»Das ist Sara aus der Blutlinie Jesus von Nazareth, Lord der Schatten. Ihre Schändung war das Sakrileg meines Hauses.«

»Aber...«, setzte Guinegaine zu einer Frage an, die ich beantworte, bevor sie diese ausgesprochen hatte.

»Die Prieuré de Sion bewachte sie zu Lebenszeiten. Aber das war nicht lang. Kalai verwandelte sie kurz nachdem er Fürst des Hauses Baphomet wurde. Sie sollte ewige süße Blutquelle für ihn sein. Somit bewachte die Prieuré de Sion Sara auch nach ihrem menschlichen Leben. Die Templer übernahmen diese Aufgabe, als Sara aus Jerusalem fortgebracht werden musste. Das wussten allerdings sonst nur Imhotep und seine Kinder. Sara war hier verwahrt, eingekerkert in den Minen bei Rennes-le-Château. Der Schatz der Templer. Nachdem sie einige Zeit sicher in den gegrabenen Minen untergebracht war, trat die Prieuré wieder für ihre Bewachung ein.«

»Das könnt Ihr nicht gewagt haben«, meinte Imhotep. Er schien mehr sagen zu wollen, aber ein scharfer Blick von Ngola stoppte ihn.

»Natürlich habe ich es gewagt, Schattenlord. Kein Wesen, auch kein Vampir, verdient es, ewig eingesperrt zu sein.«

Wie es in meinem Kopf danach geschrien hatte, diese Worte auszusprechen: »Dank der Prieuré ging Sara in die Vergessenheit ein. Doch die heutige Prieuré de Sion hatte sich entschlossen, der Kirche das Geheimnis zu offenbaren. Sie wandte sich an die Anglikaner in London, die daraufhin auch die katholische Kirche kontaktierten. Ihr Geheimnis wurde gelüftet. Aber man entschloss sich, das besser wieder zu vergessen, niemand will die Göttlichkeit und die Basis der Kirche in Frage stellen. Eine unsterbliche Wahnsinnige ist wohl nicht gut für Glaubensfragen.«

Sara kicherte erneut. Ich lächelte sie an. Sie hob ihre Hand und streichelte mir über die Wange.

»Ihr habt Sie Euch verwandeln lassen?«

Ich wandte mich wieder Ngola zu, der die Frage gestellt hatte. Sein Blick schien mir besorgt zu sein.

»Wer wäre besser geeignet, als die Frau, an welcher das Sakrileg meines Hauses begangen wurde? Die dank Kalai dieses Sakrileg seit ihrer Verwandlung noch dazu selbst in sich trägt.«

»Sie ist wahnsinnig«, meine Gideon ruhig.

»Sie ist die Mächtigste aller Blutmeister«, erwiderte ich ebenso ruhig.

»Und sie ist nicht Euer Problem«, wandte ich mich an die gesamte Versammlung, die entsetzt an meinen Lippen hing und das Geschehene noch verarbeitete.

»Wie Ihr seht, ist das Haus Baphomet und sein Fürst voller Stärke und bei weitem nicht menschlich. Wir erklären dem Hause Sambesi und Nubien den Krieg.«

Während meiner Worte erhob sich Großmeisterin Rousseau und entrollte ein Stück Stoff, das Connor ihr reichte. Sie band den Gonfanon Baucéant an eine Stange, der bereits in den Landen von Outremer bei den Kreuzzügen seinen Feinden Schrecken verkündet hatte.

»Der Delegation des Hauses gewähren wir in seiner Eigenschaft als Vertreter bei dieser Versammlung freies Geleit«, sprach ich zu den Vampiren.

Evangelina hob das Blutsbanner der Templer mit energischem Gesichtsausdruck in die Höhe. Die Tempelritter starrten besonders gebannt darauf. Ihnen versprach es ehrenvolle Schlachten. Der Eröffnungstanz hatte endlich begonnen.

»Alle Häuser der Nacht haben sich zu entscheiden, ob Sie Verbündete oder Feinde des Hauses Baphomet in diesem Krieg sind. Wir erwarten von unseren Verbündeten, dass Sie uns dies im Anschluss an diese Versammlung mitteilen. Unseren Feinden gewähren wir keine Gnade.«

Ich sah, wie es in Imhotep tobte. Aber ich sah dies nicht mit meinen Augen. Ich nahm es auf eine neue, eigenartige Weise wahr. Der Schattenlord hielt sich mit Mühe zurück, nicht auf mich zu stürzen. Ngola schritt um den Tisch herum, er näherte sich mir.

Ich sah die Templer nach ihren Waffen greifen, den Schwerten und den G36-Gewehren. Evangelina stellte sich vor mich, doch ich legte ihr beschwichtigend die Hand auf die Schulter und schritt um sie herum, Ngola entgegen. Er kam dicht an mich heran. Ich konnte das Feuer Afrikas in seiner Aura riechen.

Seine dunklen Augen brannten sich in die meinen. Niemals hatte ich Augen so angesehen wie jetzt. Besorgnis flackerte in seinen Augen und Wissbegierde. Sekunden oder Jahre vergingen, ich vermag es nicht zu sagen. Ich verlor mein Zeitgefühl. Plötzlich hatte Ngola den Anflug eines Lächelns auf den Lippen. In meinem Inneren tobte ein Sturm, mein Bauch gab sich zu meiner Verwirrung menschlichen Empfindungen hin. Er nickte mir zu und verließ uns.

Die Versammlung war aufgelöst. Mein Anliegen hatte ich den Fürsten der Nacht zu deren Schrecken verdeutlicht.

Es hatte keine Schlacht gegeben, die ich nach meiner Aufnahme in die Familie der Unsterblichkeit erlebt hatte, an der ich mich nicht bei Aliana befunden hatte. Seite an Seite. Manchmal war sie auf ihrem Streitross vor mir in den Kampf geritten, aber immer waren wir letztlich beieinnander gewesen.

Diesmal würde ich allein sein. Ohne ihre Kraft, ihren Mut und ihren Schutz. Aber mit ihr in meinen Gedanken. In meinem Herzen. Mit jedem Atemzug spürte ich meine Liebe. Ich hatte sie verloren, aber ich würde sie nie ganz gehen lassen.

Ich spürte, dass dieser Krieg die Welt der Dunkelheit verändern würde. Ich hatte nicht bloß einem Haus den Orlog erklärt, wie man Krieg in meinen Zeiten nach dem niederländischen Begriff oft genannt hatte, sondern war gerade gegen Imhotep selbst angetreten.

Nach dem Ende dieser Versammlung wartete Catemaco, bis die anderen Fürsten den Ort verlassen hatten. Der Curandero trat zu mir und ergriff meine Hand. Mit leuchtenden Augen sah er mich an und bemerkte: »Ich gratuliere Euch, dass Ihr und Eure Fürstin das Geschenk der Götter erhalten habt, wie es weisgesagt wurde. Jetzt kommt bald die Zeit, an dem die Herrscher der Elemente zurückkehren.«

Er ließ mich sprachlos allein. Der Tag nahte. Die Fürsten waren heimgekehrt.

ALLIANZ DER NACHT

Evangelina hatte in dem weichen Sessel mir gegenüber Platz genommen. Das Kaminfeuer prasselte. Sie strich sich eine Strähne ihres kastanienbraunen Haares aus der Stirn. Die hölzerne Tür wurde von den treuesten ihrer Ritter bewacht. Ich hoffte, dass dies diesmal etwas bedeutete. Es waren Männer und Frauen aus der Komturei London, die sie selbst erwählt hatte.

Der Kriegsbanner der Templer wehte kämpferisch und die Leidenschaft des Ordens war entflammt. Jeder treue Ritter brannte darauf, die geliebte Fürstin zu rächen. Seit Jahrhunderten hatten die Tempelritter dafür gelebt, ihre Schwerter wieder in einen heiligen Krieg führen zu dürfen, und diesen Wunsch an alle nachfolgenden Generationen weitergegeben. Die Mitglieder des Ordens waren aufgewühlt und voller Tatendrang.

»Wir sind hier nicht lange sicher. Dieses Anwesen können wir bei einem Angriff nicht verteidigen«, bemerkte die edle Ritterin besonnen. Ihre Augen betrachteten mich aufmerksam.

»Heute kommt kein Angriff mehr«, erklärte ich ihr ohne Zweifel in der Stimme.

»Bald geht die Sonne auf. Müsst Ihr Euch nicht zur Ruhe begeben?«, bemerkte sie spitz in meine Richtung. Eine der ersten sympathischen Templerinnen und dazu mit Humor, dachte ich mir insgeheim.

Ich grinste sie breit an: »Geht es Sara gut?«

»Sie ist sicher untergebracht und kann weder sich selbst noch anderen Schmerzen zufügen.«

»Sehr gut. Vielleicht muss sie ja doch noch jemanden beißen.«

Jetzt grinste Evangelina zurück und warf ihre braun gelocktes Haar nach hinten über die Schultern.

»Sie ins Spiel zu bringen war ein geschickter Schachzug. Die Vampire waren entsetzt«, lobte sie den Plan, den sie im Vorfeld noch kritisiert, aber auf meinen Wunsch hin gestützt hatte.

»Zumindest die, die von ihrer Verwandlung statt eines Todes in Jerusalem wussten. Die wahnsinnige Sara. Aber alle wussten sie um die Macht ihres Blutes. Und die Moral des Ordens wurde dadurch gestärkt.«

»Ich habe nicht geglaubt, dass die Scharade aufgeht. Wie konnten sie Euch nicht von ihrer Art unterscheiden?«, stellte Camilla die Frage, die ich ihr nicht beantworten konnte. Nicht beantworten wollte.

Ich stand auf und legte Holz im Kamin nach.

»Vielleicht bin ich schon lange nicht mehr menschlich genug«, sagte ich schließlich und hing trüben Gedanken nach.

»Nein. Ich weiss, dass da mehr ist. Etwas ist mit Euch geschehen seit dem Vorfall. Etwas, das auch die Vampire spüren. Die angebliche Verwandlung kam ihnen als Erklärung recht«, vermutete sie und kam der Wahrheit sehr nahe.

Ich beschäftigte mich länger mit dem zischenden Feuer als notwendig war. Auch wenn ich beschlossen hatte, niemandem mehr uneingeschränkt zu vertrauen, war sie die Großmeisterin der Templer. Die einzige Unterstützung, die ich im Augenblick besaß. Mein letzter Fels in der gegen mich anstürmenden Brandung.

»Ich habe eine Kraft gefunden, die in mir schlummert. Eine ungeahnte Stärke. Ich habe sie einst in meiner Jugend gesammelt. Noch vor der Anfängen Eures Ordens.«

»Ist es eine dunkle Kraft?«, fragte sie ruhig. Es klang, als würde sie mir folgen, unwichtig welche Antwort ich ihr geben würde.

Vertrauen muss gegeben werden, ohne etwas zu verlangen. Vertrauen hinterfragt nicht, Vertrauen lebt und wächst aus sich selbst heraus. In der richtigen Umgebung gepflanzt, ist es eine mächtige Kraft des Friedens. Vertrauen ist ein Geschenk, und wer es erhält soll sich würdig erweisen. Dann kann er auch die Früchte des ihm entgegen gebrachten Vertrauens ernten.

Ich stand auf, blickte in die Flammen und zuckte die Schultern. Danach setzte ich mich wieder ihr gegenüber und atmete schwermütig. Sie nickte mir aufmunternd zu und lächelte charmant.

»Der Orden und meine Wenigkeit stehen treu hinter Euch. Jeder Blutstropfen der Templer gehört Euch«, verkündete sie mir. Feixend fügte sie hinzu: »Auch wenn Ihr das Blut nicht zum Trinken braucht.«

Ich fuhr über die Bisswunden an meinem Hals, die sie mir zugefügt hatte. Die Häuser mussten an meine Kraft und Stärke glauben. Manchmal musste man bluffen.

Ich hatte viel gelernt von Aliana und ihrer Art. Mehr als ich selbst gedacht hatte.

Es klopfte. Jacinda trat herein und brachte mir einige Pergamente. Ich sah die Papiere durch und reichte sie der Großmeisterin.

»Die Häuser Imhotep, Skerrabra, Longinus, Tariqa der Schari'a, Liang, Curanderos, Tadashi, Aclla richten uns

Grüße als Verbündete aus. Sie werden uns gegen Sambesi und Nubien zur Seite stehen.«

Ich schaute sie an. Sie reichte die Pergamente wieder an Jacinda zurück.

»Einstimmigkeit«, bemerkte Evangelina trocken. Ich war erschrocken wie einfach es gegangen war. Zu einfach? Was war Ngolas Plan hinter allem, musste da nicht mehr sein?

DER FUNKE GOTTES

Der Funke von Leben, der tief in Alianas Leib schlummerte, hatte ein reinigendes Feuer in Brand gesetzt. Eine gewaltige Flammenbrunst, die über unsere Feinde hinweg fegen würde.

Lange Zeit hatte ich darüber nachgedacht, ob ich mit den Templern als Streitkraft bei Tag, oder mit allen verbündeten Vampiren bei Nacht angreifen sollte. Die Vampire, die mich nun zu ihrem Schrecken für einen der ihren hielten, rechneten natürlich mit der Nacht.

Ngola hatte sich in seinen Hauptsitz von Nubien und Sambesi am oberen Lauf der Viktoriafälle zurück gezogen. Dort wo er sich verschanzt hatte, war ich einst zusammen mit Marketa Zeuge der Wiedervereinigung der zwei Häuser gewesen.

Die schamanistischen Kräfte Ngolas und seiner Art konnte ich zu meinem Bedauern nicht richtig einschätzen. Dazu hatte er zahlreiche menschliche Anhänger aus den afrikanischen Stämmen. Sie konnten hier im dichten unübersichtlichen Terrain eine Gefahr für die Templer darstellen.

Auch wurde sein herrschaftliches Anwesen von einer Söldnertruppe gesichert. Wahrscheinlich waren sie nicht so treu und loyal wie die Templer – obwohl mir nicht der Sinn danach stand, über ihre Treue zu philosophieren. Aber wenn diese hauptsächlich niederländischen Söldner angegriffen wurden und sich eingekesselt fühlten, würden sie verbissen kämpfen.

Ich wollte diesen Krieg der Häuser, aber ich konnte mir eine große Schwächung der Templer dadurch nicht leisten. Mit dem verringerten Schutz eines angeschlagenen Ordens konnte das Haus Baphomet leicht in weitere Gefahren geraten, die von jungen Häusern in Amerika oder alten imperialistischen Häusern aus Asien drohten. Noch standen sie alle auf unserer Seite, aber wer wusste schon, was nach dem Krieg geschah.

Daher hatte ich gemeinsam mit Evangelina entschieden, einen Schlag in der Nacht zu führen, wenn sich nicht ausschließlich die Templer in Gefahr begeben würden.

Erst nach den ersten eigenen Planungen hatte ich Imhotep und Gideon zum Kriegsrat gerufen. Für sie war es eine völlig neue Situation, vor vollendete Entscheidungen gestellt zu werden. Missbilligung kennzeichnete ihre Mienen. Letztlich gesellten sich auch die anderen Verbündeten zu uns, und wir einigten uns auf einen verteilten Angriff in der Nacht.

Es gibt Kriege, die muss man führen. Als Mensch, der seit Jahrhunderten das Töten ablehnte, wusste ich dennoch, dass Pazifismus ewige Wachsamkeit bedeutete. Oder warum war mir diese Entscheidung so leicht gefallen? Ich gab den Angriffsbefehl.

Die friedvollen Curanderos bereiteten aus der Ferne die erste Angriffswelle vor. Diese Ahnen der Atzteken entzündeten Feuer und ließen gewaltige Rauchwolken entstehen, die der Wind zu Ngolas Anwesen trug. Die Götter der Lüfte waren uns sehr wohl gesonnen, der Wind blieb stur auf unser Ziel gerichtet, nachdem wir die bestmögliche Angriffsposition der Curanderos zu Beginn festgelegt hatten. Die Schlacht begann.

Der Rauch löste Panik und Verwirrung unter den Menschen auf dem Anwesen aus. Alle Templer waren mit modernen ABC-Schutzmasken ausgestattet, so dass sie dies nicht zu fürchten hatten.

Die nächste Phase leitete Ethrel ein. Er griff gemeinsam mit zwei Tierwandlern Baphomets und einer Gruppe aus dem Haus Skara Brae an. Wölfe, Panther und andere Katzenartige sowie ein Bär stürmten auf das Anwesen zu. Sie hielten zu den Geistlenkern aus dem Hause Longinus Kontakt, die sich in der Ferne aufhielten und von Gideon koordiniert wurden.

Damit waren die Tierwandler unsere Informationsquellen. Sie halfen uns, die Hebel der Attacke an den richtigen Stellen anzusetzen. Sie sollten keine feindlichen Vampire angreifen, nur ihre Positionen den Geistlenkern mitteilen und sich verteidigen. Die Geistlenker gaben die Daten an die anderen Gruppen weiter. Dabei halfen uns ihre telepathischen Kräfte und auch ordinäre Funktechnologie.

Nach den Tierwandlern folgten wir anderen. Seite an Seite zogen Templer mit Vampiren der unterschiedlichen Häuser in diesen Krieg der Dunkelheit. Der Dunkle Arm der Templer blieb eng bei mir. Großmeisterin Evangelina hatte darauf bestanden. Sie selbst hielt Kommando bei Gideon, um die Templer anzuweisen. Bevor ich mich in Bewegung setzte und damit die dritte Phase einleitete, dachte ich an die dunklen Augen meiner wunderbaren verlorenen Göttin. Es schenkte mir Kraft.

Das Fürstenpaar Amaya und Kouhei hatte lediglich einen Vampir zur Unterstützung geschickt. Erst hatte ich an dem Ernst der Unterstützung durch das japanische Haus Tadashi gezweifelt. Aber der entsandte Vampir Date Bontenmatu mit seinem Samuraischwert war nicht zu unterschätzen. Er kämpfte mit dem Schwert, allerdings sah man es nicht. Zu schnell waren seine Bewegungen.

Ein Samurai nutzte seine Waffe nicht, wie die Templer dies taten. Statt vor Kraft strotzendem Waffengemenge war jede Attacke des Samurai ein gezielter Hieb. Schnell, zielstrebig und extrem effizient. Gern hätte ich einen kunstvollen freundschaftlichen Kampf zwischen ihm und Aliana zu sehen vermocht. Ich verdrängte diesen Gedanken. Date ging ohne jede Furcht in den Krieg. Er war der Beweis, wie ernst Amaya und Kouhei ihre Unterstützung meinten.

Der Bär hatte mit seiner übernatürlichen Kraft das Haupttor eingerissen, durch das wir eindrangen. Imhotep und Gideon hatten mich überzeugen wollen, nicht frontal anzugreifen. Doch ich wollte nicht in Feigheit durch einen Hintereingang schleichen. Außerdem, hatte ich argumentiert, würde man eine Attacke auf das Haupttor am wenigsten erwarten.

Dahinter lag eine ca. 100 Meter lange Fläche, die wir zu überbrücken hatten. Helikopter rasten über unsere Köpfe. Eine Staffel entsendet von dem Hause Tariqa der Schari'a. Das Haus aus dem Morgenland setzte auf Technologie. Ihre vampirischen Soldaten waren mit High Tech ausgestattet, dass selbst Geheimdienste vor Neid erblassen würden. Sie trugen allerdings Waffen, die Menschen nur hätten bedienen können, wenn sie fest installiert wären.

Im Kontrast zu der modernsten Ausstattung dieser Vampire standen ihre beduinisch angehauchten Uniformen, bei denen die Frauen unter ihnen verschleiert waren.

Die arabischen Krieger eröffneten das Kreuzfeuer von den Helikoptern auf die Wachen an den Gebäuden. Zielsicher drang die tödliche Ladung ein und sicherte damit unseren

Weg. Die Nachteinheit dicht bei mir, lief ich zu der Tür des Haupthauses. Der Dunkle Arm der Templer legte sich schützend um mich.

Cana Yupanqui übernahm mit seinen Inka-Kriegern den Nahkampf gegen Vampire, die sich uns auf dem Weg entgegenstellten und den Waffen der Schari'a entkommen waren.

Date Bontenmaru, der Samurai, verstärkte dabei die Reihen des Hauses Accla. Die Inka-Krieger hatten schwer mit ihrem Stolz zu kämpfen, denn Bontenmaru wußte perfekt mit seiner geschärften Klinge umzugehen.

Sein Daitō, das japanische Langschwert, war eine besondere Waffe. Ähnlich einem Säbel in der geschwungenen Schwertform, wurde solch ein Schwert in Japan als Katana bezeichnet. Es ist zum Rücken hin gebogen, hat eine ca. 60 cm lange Klinge und wiegt bis zu ein Kilogramm.

Das Katana war im 15. Jahrhundert aus dem Tachi, dem langen Schwert in Japan entstanden. Der Griff wurde meist kunstvoll mit Rochenhaut und Seidenband versehen, wie es auch Date Bontenmaru getan hatte.

Date trug sein Schwert in der typischen Saya, einer Holzscheide, dazu ergänzend ein Wakizashi als kurzes Schwert.

Bontenmaru hatte sein Schwert selbst geschmiedet. Wie es sich für einen Samurai gehörte, verkörperte dieses Schwert seine Ehre.

Als Vampir hatte er viele Jahre der Erfahrung als Schmied sammeln können, was ihn erst in die Lage versetzt hatte, den komplexen Prozess der Katana-Schmiedekunst selbst durchzuführen. Sein Katana hatte er gemäß der Soshu Kitae

Konstruktion gefertigt. Dieser Stil ist extrem aufwendig und hat sieben Stahllagen. Bereits der berühmte japanische Schwertschmied Masamume hatte ihn verwendet. Die Arbeit eines Meisters.

Solch ein Katana wird in mehreren Wochen Dauer gefertigt. Zwei verschiedene Sorten Stahl bildeten die Kinge, ein besonders harter für die eigentliche Schneide und im Gegensatz dazu ein formbarer im Kern, damit das Schwert nicht zu schnell bei Belastung brach.

Ein Katana wurde in der Regel im Gegensatz zum Säbel beidhändig geführt, was eine völlig unterschiedliche Handhabung zur Folge hatte. Jeder Hieb wurde in schneidenden Bewegungen – laido – durchgeführt, niemals senkrecht gegen das Ziel. Date Bontenmaru hatte diese Kunst des Schwertkampfes, das Kenjutsu perfektioniert.

Die Inka-Krieger kämpften nicht mit einer solchen kunstvoll und aufwendig erzeugten Waffe. Ihre Speere und Lanzen sowie die Äxte aus Kupfer waren weniger effizient. Aber auch sie verfehlten ihre Wirkung nicht. Auch nicht ihre Boleadoras, diese mit Riemen verbundenen Steine, die gegen Feinde geschleudert wurden. Man durfte die Krieger des Inka-Hauses nicht unterschätzen. Immerhin stammte ihre Art aus einer Dynastie, die tausende Menschen bei der Beisetzung der Inka-Herrscher brutalst abgeschlachtet hatte, um ihrem verstorbenen Herrscher Bedienstete mit in den Tod zu geben.

Die Inka-Krieger verwickelten gemeinsam mit Date Botenmaru die feindlichen Vampire hier in Kämpfe, so dass wir anderen zügig weiter vordringen konnten.

Die Gärten des Anwesens wurden in dieser Nacht mit viel Blut getränkt. Vampire wurden niedergeschlagen und teils verbrannt. Ihr Staub würde als Körper zurückkehren, doch hier und jetzt waren sie für diese Nacht besiegt. Ich hatte nicht den Befehl gegeben, den Staub zu sammeln und in getrennte Kammern einer Urne zu sperren. Das hätte Zeit gekostet, und die Vampire des Hauses waren nicht mein Ziel. Ich hatte es ausschließlich auf ihren Fürsten abgesehen.

REINIGENDE FLAMME

Vor der Eingangstür sprang Ethrel in meinen Weg. Seine Schnauze hochgereckt nahm er die Luft des Krieges auf und stellte sich dann an meine Seite, darauf wartend, dass die Nachteinheit den Weg frei sprengte. Er würde uns in dem Gebäude mit seinem Geruchssinn den Weg zeigen. Seine Lefzen waren von Blut getränkt.

Die Helikopter setzten währenddessen die Krieger der Schari'a auf dem Dach ab. Sie würden sich an den Seiten abseilen und durch Fenster eindringen. Das Haus Nubien und Sambesi sollte die Kraft der Dunkelheit aus allen Richtungen verspüren.

Als die stabilen Tore fielen, blickten wir auf Söldner, Stammeskrieger und Schamanen. Ich kannte deren schamanistischen Kräfte nicht, die sich uns nun offenbaren sollten. Wenig war darüber geschrieben. Wir wussten nicht, was uns erwarten würde.

Ich wusste lediglich, dass diese Schamanenvampire je nach ihren Begabungen Loas rufen konnten, Geistwesen. Jedes Loa hat einen Namen, aber auch ein komplexes Symbol, die sogenannte Veve. Das Symbol charakterisiert den jeweiligen Loa.

Die Schamanen riefen die Loas, und einige der Templer und der einzige teilnehmende Offizier der österreichischen Theresianischen Militärakademie wurden befallen.

Wir hatten nicht gewusst, welche Loas auf uns einprallen würden. Aber wir wussten uns zu schützen. Die Curanderos zwischen uns waren keine Krieger, sie waren Heiler. Sie sorgten für das Wohl der Befallenen und namen ihre Limpias vor, die Reinigungen. Auch rasche Sobadas schenkten angeschlagenen Kämpfern neue Energie.

Die Loas wurden ausgetrieben, während Prinzessin Jiao ihre Krieger aus dem Haus Liang gegen die Schamanen führte. Die chinesischen Kämpfer verwickelten die afrikanischen Vampire in Nahkämpfe, wodurch diese am Rufen ihrer Loas gehindert wurden. Jiao selbst kämpfte, wie die anderen des Hauses Liang, mit ihrem Körper als einzige Waffe.

Die Templer töteten die fremden Söldner. Wie in allen Jahrhunderten war auch diese Generation der Tempelritter voller Gier, für Ehre Blut zu vergießen. Die Nachteinheit und ich folgten Ethrel, den seine Nase führte.

Im Gang trat uns ein dunkler Krieger entgegen. Ich kannte ihn, vor Jahrhunderten hatte er mich sicher mit meinen Begleitern durch diesen Dschungel geführt. Es war Samura, Ngolas direkter Untergebener. Er schützte seinen Fürsten und wollte uns angreifen. Doch sein Widerstand sollte nicht lange halten, Ethrel sprang ihm an die Gurgel und riss ihn entzwei, nachdem die Schüsse der Nachteinheit den Stammeskrieger umgerissen hatten.

Ngola wartete auf uns. Ob er gewusst hatte, das wir in dieser Nacht angreifen würden? Seine Schamanen standen bereit mit den stärksten Loas, die sie zu bieten hatten. Geistwesen, die frei agieren konnten, ohne einen Wirt zu befallen, sowie Loas, die einen Befallenen auf der Stelle gegen seine eigenen Kameraden führen würden.

Doch der Fürst des Hauses Sambesi und Nubien gab keinen Angriffsbefehl. Ich auch nicht. Ich betrat den Raum an der Seite meiner Getreuen. Jetzt würde sich zeigen, ob sie wirklich meine Getreuen waren. Ich hoffte, dass ich diesmal nicht von ihnen enttäuscht wurde.

Ich sah auch Marketa. Sie stand links hinter Ngola, der in der Mitte des Raumes auf einem thronähnlichen Stuhl saß. Vollständig aus Holz geschnitzt und mit zahlreichen tierhaften Verzierungen versehen. Sicherlich Veves, Symbole der Loas.

Die Nachteinheit legte ihre Gewehre an. Ethrel knurrte leise. Aber alles wartete auf mich und Ngola. Wer auch immer von uns zuerst ein Zeichen gab, würde die Schlacht einleiten. Der afrikanische Fürst betrachtete mich sehr aufmerksam. Ich ihn ebenso.

Ich hatte es nicht eilig. Ich wusste, dass wir mit der Hilfe aller verbündeten Häuser draußen die Vorherrschaft bald gewinnen würden. Die Zeit spielte somit für uns. Wobei man sich im Wesen der Zeit nie sicher sein kann. Hat sie doch ihr eigenes Ziel, weit in der für uns unbekannten Ferne. Aber immerhin kannten wir uns lange genug, so das ich sie einzuschätzen vermochte.

»Was freigesetzt wurde, hat die Anfänge der Menschheit erlebt«, erhob Ngola seine rauhe aber melodische Stimme und deutete auf mich.

»Rache ist so alt wie die Menschheit selbst, doch ist sie nicht mein Antrieb«, antwortete ich und trat langsam auf den Fürsten zu. Ngola erhob sich, scheinbar überrascht über meine Antwort. Er hatte offensichtlich etwas anderes gemeint, ging aber auf meine Erwiderung ein.

»So treibt Euch nicht die Rache für den Tod Eurer Fürstin?«, fragte er mich mit gerunzelter Stirn.

Drei Meter von mir getrennt, suchten seine Augen in mir zu lesen.

»Rache würde mich vielleicht treiben, hätte mir meine edle Göttin nicht etwas erhabenes geschenkt, dass mir nicht würdig ist.«

»Ein Geschenk Eurer Göttin?«, ein skeptischer Ton, ein vertrauter Blick.

»Ja, und der Schutz eben dieses Geschenkes führt mich hierher.«

Marketa spuckte auf mich. Ich wischte das Blut wortlos von mir ab. Ich stand unter der Schutzmagie der Curanderos und anderer Blutmeister. So einfach konnte sie mich nicht besiegen.

»Was hat die kraftlose Hure Euch denn hinterlassen?«, fauchte Marketa mich an.

Ich musste nichts sagen. Falls wir verlieren würden, wäre es besser, keine Informationen preisgegeben zu haben. Aber ich würde nicht verlieren, und meine folgenden Worte würden dem Gegner einen härteren Schlag versetzen als jede Attacke.

»Ein Kind aus unser beider leiblichen Erbe«, meinte ich.

Ngola erstarrte. Marketa erstarrte. Selbst die Loas erstarrten.

Ich schritt weiter näher an Ngola heran.

»Der Heilige Gral.«

Noch ein Schritt. Alle wirkten wie eingefroren.

»Wolfgang von Eschenbach hat damals in seinen Geschichten immer den Stein der Weisen mit dem Heiligen Gral gleichgesetzt«, erwähnte ich wie beiläufig den mittelalterlichen deutschen Dichter, »da hat er wohl etwas missverstanden, dass kommt vom Lauschen. Es gibt nur einen Heiligen Gral, die einzigartige Blutlinie. Und sie lebt weiter!«

Eschenbach hatte sein Epos Parzival über den Heiligen Gral geschrieben. Was ich sagte, war Wortgeplänkel. Ein Taschenspieler vollführte mit einer Hand wahnwitzige Akrobatik, um mit der anderen ungesehen im stillen die eigentliche Handlung voranzutreiben. Ich erzählte all dies nur, um es meinem letzten Verbündeten zu ermöglichen, den Raum zu betreten.

Draußen traf zur Überraschung aller außer mir die donnernde Wassermasse der nahen Viktoriafälle unsere Feinde. Die Elemente waren uns wohlgesonnen, mussten sie doch ihren Meistern gehorchen.

Bei mir in Ngolas Kammer hielt die Luft selbst plötzlich alle Anwesenden fest, das Wasser in ihren Körpern wandte sich gegen sie, die Flammen der Kerzen an den Wänden vereinten sich zu einem reinigenden Feuer. Es waren die Kräfte der unbekannten Machtlinie. Des einen Hauses, das sich ausschließlich bei mir persönlich in der gestrigen Nacht geheim als Verbündete erklärt hatte.

Denn ich hatte Mächte hinter mir, die nicht einmal die anderen Vampire erahnt hatten. Mächte, die seit langen Zeiten auch in der Welt der Dunkelheit verloren waren. Kräfte, die man nur aus der Mythologie und Legenden kannte.

Hinter mir hatte ein Schemen den Raum betreten. Kein Schatten, sondern eine auf den ersten Blick fast nicht sichtbare Gestalt. Ein Wesen der Dunkelheit, welches gelernt hatte, sich vor den anderen seiner Art und den Menschen verborgen zu halten. Ein Wesen, dass mir Treue geschworen hatte.

Dieses Wesen hatte einst auf diesem Kontinent zu mir gesprochen, aber erst seit der vorherigen Nacht konnte ich mich wieder daran erinnern, dass ein solches Gespräch überhaupt stattgefunden hatte.

Es war ein Elementmeister, der den Raum nach mir betreten hatte. Ein Vampir des verlorenen Hauses.

DAS HAUS KAIN

Das Haus Kain bestand aus den Elementmeistern. Nachdem Kain selbst gegen die Neccessitas Aedum eingestanden war, war dieses Haus nicht vergleichbar mit den anderen. Zu den Zeiten, in denen Kain als Vampir auf Erden wandelte, gab es das Haus nicht.

Er und seine Kinder im Blute hatten immer frei als Elementmeister gelebt. Doch nachdem Imhotep Kain gebannt hatte, schlossen sich Kains Kinder aus der Not geboren zusammen. Alle Elementmeister verbargen sich, um auf die Rückkehr ihres Ahnen hinzuarbeiten. Sie fürchteten von Imhotep vernichtet zu werden, wenn sie sich offen zeigten.

Daher galten sie seit dem als das verlorene Haus. Das Haus der Bruders. Das Haus Kain. Ihre Kraft, die Elemente der Natur zu beherrschen, wuchs. Dies half ihnen, die alte Welt der Menschen zu verlassen und Richtung Westen zu ziehen, noch lange bevor ein Kolumbus in See stach. Sie verbündeten sich mit den Heilenden Händen, und die Curanderos hielten die Elementmeister für die Götter der Welt.

Erst als die Elementmeister auf mich aufmerksam wurden, glaubte das Haus Kain wieder daran, seinen Fürsten befreien zu können. Über die Jahrhunderte hinweg beobachteten sie den unsterblichen Menschen Naciron und begleiteten im Geheimen meinen Weg durch die Dunkelheit. Die Vampire des Hauses Kain konnten sich mit den Kräften der Natur selbst vor den Sinnen der geschicktesten anderen Götter verbergen.

Die Curanderos hatten im Temazacal in Mexico-Stadt bei unserem ersten Treffen die Elementmeister erwähnt. Damals hatten sie sich entschuldigt, dass es sich um die falsche Zeit handelte. Jetzt war der Ahn der Curanderos mit den Elementmeistern zurückgekehrt.

In der Nacht vor der Schlacht waren sie zu mir gekommen, als Verbündete. Catemaco stellte sie mir vor. Das Haus Kain, mit all ihren Kräften unter meinem Befehl.

Catemaco hatte auf meine Erlaubnis hin geheime Dämpfe erzeugt, die mir meine Erinnerung zurück gaben. Die Erinnerung an Marketa in Afrika. Und den Elementmeister, der mich in der Nacht zu ihnen gerufen hatte. Sie wollten damals nicht mit Hilo oder Naciron reden. Sie hatten mit dem gesprochen, der im Stein der Weisen in meinem Kopf gebannt war.

Dem Fürsten des verlorenen Hauses. Dem ersten Mörder der Welt. Dem ersten Vampir. Dem unter den zwei Brüdern, deren Eltern Adam und Eva den ersten Verrat an Gott begangen hatten, der seinen Bruder Abel erschlagen hat. Er hatte den Beweis erbracht, dass wir Menschen einen freien Willen haben. Hin zum Guten und zum Bösen. Offen gemäß unserer Willkür.

Der freie Wille, sein Sakrileg, war es auch, der es Kain untersagte sich einer Neccessitas Aedum, die Imhotep von der Welt der Dunkelheit verlangte, zu beugen und sich und seine Kinder reglementierten Häusern anzuschließen.

Ich erinnerte mich jetzt wieder an dieses Gespräch mit mir, Kain, das der Elementmeister im wilden Afrika geführt hatte. Das entscheidende Gespräch, dass dem Haus Kain offenbart hatte, wo sich ihr Fürst befand. Das Ereignis, das dem verlorenen Haus wieder Hoffnung schenkte. Ein

Gespräch, dessen Erinnerung sie mir für so lange Zeit genommen hatten.

Marketa hatte dies als einzig dabei gewesene andere Person bezeugt. Sie hatte immer gewusst, was in mir schlummerte.

Die Elementmeister, die sich selbst auch Brüder und Schwestern nannten, hatten wie alle Vampire viel Zeit. Jetzt war ihre Zeit gekommen.

AM ENDE DER DUNKELHEIT

Alles ist einfach, wenn man erst einmal die Fakten richtig zusammensetzt. Ein Mosaik aus kleinen Steinen ergibt die Wahrheit, sofern wir diese jemals in allen Facetten verstehen können.

Wer an der Loyalität der Templer zweifelt ist verraten, wer aber auf ihre Treue schwört, der sei gesegnet.

Marketa war am Ende der Schlacht entkommen. Ethrel hatte versucht sie einzufangen, ich selbst hatte ihm eine Kette mit dem Davidstern zugeworfen, die er mit seinen Kiefer geschnappt hatte.

Er berichtete mir später, dass er sie beinahe erreicht hätte. Doch sie hatte das Symbol des Sakrilegs der Blutmeister ignoriert, dass allen anderen Blutmeistern solche Qualen zufügte. Es war ihr gelungen, eine Blutlinie zu zeichnen, die Ethrel nicht hatte überqueren können. Ich wusste, dass ich sie bald wiedersehen würde.

Trotz ihrer Flucht erhellte die Sonne des Nachmittags mein Gemüt. Mir war, als hätte ich sie ewig nicht gesehen. Ich fühlte mich großartig. Ngola war gefangen und bald würde das Ritual über ihn ergehen. Der Stein der Weisen, nichts Schlimmeres hätte man gegen ihn vorsehen können. Was er meinem Haus, meiner Familie und mir angetan hatte, würde nicht ungesühnt bleiben.

Ein Vasall brachte mir einen Tee. Ich dankte der freundlichen Dame und setzte mich wieder, während sie den Tee zubereitete. Der Dampf stieg in meine Nase. Bei einer

Erkältung kann Inhalieren über dem richtigen Tee Krankheit lindern.

Der richtige Dampf kann die Seele befreien.

Ich hörte, dass ich angesprochen wurde.

»... Eure Brüder entsandten mich. Ihr seid hier nicht länger in Sicherheit.«

Ich schaute die Menschenfrau aus Augen an, die das Altern der Menschheit erblickt hatten. Die volle Zeitspanne. Sie reichte mir die Tasse, ich zog den Dampf tief ein.

»Habt Dank mein Kind für Eure Nachricht.«

»Ich werde Euch hinaus begleiten. Wir müssen uns beeilen.«

»Es ist noch lange bis Sonnenuntergang.«

»Die Gefahr droht nicht bei Nacht.«

Plötzlich hatte ich das letzte Puzzlestück erhalten. Und das Mosaik ergab ein anderes Bild, als ich es all die Jahrhunderte gesehen hatte. Ich sah Hilos Erinnerungen in einem anderen Licht. Alles was geschehen war, ergab einen Sinn. Ein anderer Sinn, als ich ursprünglich angenommen hatte.

Ich war Hilo. Ich war Naciron. Und ich war zurückgekehrt aus der Verbannung der Vampire. Kain. All das war ich. Kain war in mich eingeflossen, transferiert aus dem Stein der Weisen. Ich war nicht Kain, er war nur eine Facette. Ich spürte mich in meiner Gesamtheit. Es fühlte sich richtig an, gut.

Aber es war nicht wichtig, was ich war. Es zählte, das die anderen fürchteten, was ich sein konnte.

Mit völliger Klarheit war mir bewusst was drohte, und welches Netz hinter allem gesponnen war. Es war das Netz Imhoteps und seiner Brut.

Ich riss mich zusammen. Es war das Netz Imhoteps, Gideons und Alianas. Ein Netz, in dem ich mich verfangen hatte.

Meine Geliebte Aliana. Welch Schicksal war ihr im Plan widerfahren. Ich sprang hoch. Wesen der Nacht neigen nicht zu ungeplanten Aktionen. Aber ich war ein Mensch! Seit nunmehr acht Jahrhunderten. Alles was Kain in mir ausmachte war bloß sein Erbe, seine Erinnerungen, ein Teil seiner Gedanken.

Er war nicht ich. Er war nicht Herr meiner Existenz. Aliana war in Gefahr. Mein Kind war in Gefahr.

»Herr, Ihr seid in Gefahr!«

DER DUNKLE ARM DER TEMPLER

Die Flügeltür öffnete sich erneut und die Krieger meiner Nachteinheit traten ein. Ich blickte auf die kampferprobten Frauen und Männer des Dunklen Arms der Templer, diese bis in den Tod ergebenen Ritter. Wer an der Loyalität der Templer zweifelt, ist verraten, wer aber auf ihre Treue schwört, sei gesegnet. Ich hatte einigen von ihnen misstraut.

Die Nachteinheit war vollständig. Auch die zwei Mitglieder, gegen die ich den Bann ausgesprochen hatte, waren anwesend. Mit einer Handbewegung gebot ich meiner und auch Kains Vasallin, den Raum rasch zu verlassen. Sie wusste, dass sie mir nicht zu helfen vermochte und verschwand.

Nathan Mackinnons trat vor, der Kommandeur der Nachteinheit. Ich sah auch Raja Polejov, gegen diese beide war der Blutbann verhängt. Doch was zählte der Bann von Kain im Hause Baphomet.

Selbst Larex Ibarra war da, der von Mackinnons Schuss in Rom niedergestreckt worden war.

Ich war Fürst meines Hauses. Das Haus Kain. In Feindschaft mit Fürst Imhotep und seinem Haus und somit dem Haus seiner Blutstochter Aliana.

Die Nachteinheit war geschaffen worden, um eine Einheit von Menschen bei Nacht in den Kampf gegen Vampire schicken zu können.

Wie hatte ich, Hilo, das glauben können? Niemals machte es Sinn, den göttlichen Wesen in ihrem Reich der Nacht sterbliche Menschen im Kampf gegenüberzustellen. Menschen vernichten Vampire bei Tag und dann ohne

Gegenwehr dieser Götter. Menschen zu trainieren, damit diese im Kampf gegen Vampire bestehen können, hatte einen bestimmten Grund, den ich erst jetzt im Licht des Tages deutlich sah.

»Fürst Kain, wir stellen Euch unter Arrest!«

Jedes stolze Mitglied der Nachteinheit war in seiner schwarzen Kampfrüstung und mit voller Bewaffnung erschienen.

Feindliche Vampire bekämpft man tags oder nachts durch verbündete Vampire. Eine menschliche Nachteinheit war nicht vonnöten. Es sei denn, man musste Menschen darauf vorbereiten, dass sie einst gegen ein Wesen mit vampirischer Macht antreten mussten, ohne das Vampire helfen konnten. Ein Wesen, das auch am Tag wandelte.

Dies war das Ziel der Nachteinheit, das Hier und Jetzt. Diese Einheit war trainiert und jahrelang erprobt worden, um den Kampf gegen mich aufzunehmen, sobald es sich als notwendig erachtete.

Nathan Mackinnons führte die Waffe des Hauses Baphomet, geschmiedet aus Templern, die Kain in mir besiegen sollte. Kain, der sich in einem unsterblichen Menschen befand. Nicht Ngola musste heute den Stein der Weisen fürchten, sondern ich. Für mich war alles vorbereitet. Für meine Verbannung in den Stein würden die Vampire in der Nacht anreisen.

Seit Tagen fühlte ich die Kräfte Kains. Ich war von der Aura eines Vampirs umgeben, so stark, dass die Versammlung der Nacht meine Täuschung mit Sara nicht durchschaut hatte. Fast alle hatte ich getäuscht. Aber die Familie Imhotep war stark im Geiste. Sie war nicht leicht zu täuschen.

Sie fürchtete Kain und hatte gewusst, dass er irgendwann kommen würde. Und sie wussten, dass er – ich bei Nacht noch stärker war. Kain war ein Vampir, dem es gelungen war, endlich die Grenzen des Steins zu durchbrechen. Man kämpfte am besten bei Tag gegen ihn.

Dann hatte man es nur mit dem Menschen Hilo zu tun. Das erhofften sie sich zumindest.

»Ich werde Euch nicht begleiten.«

Meine gewonnene Stärke verließ mich auch jetzt nicht. Irgendwann würde Dunkelheit einbrechen. Sie sollten mich besiegen oder weit genug schwächen, dass die Vampire mich leicht besiegen konnten.

Mich, den Ältesten unter ihnen. Die Templer mussten ihre Waffen nicht entsichern, das war schon längst geschehen. Sie kannten den Kampf gegen Vampire. Das war ihr Vorteil. Im Nachteil waren sie, weil sie meine Kräfte nicht kannten.

Kains Verbrechen, sein Sakrileg war unvorstellbar schlimm. Er hatte Brudermord begangen und damit auch den ersten Verrat unter Menschen.

Doch ein Vampir entfaltete seine Kräfte erst bei Nacht. So war es seit ewigen Zeiten.

Schüsse knallten los, Kugeln schlugen auf mich ein. Ich wich mühelos aus. Aikido half mir. Die Taktik der Nachteinheit, ein Ziel ins zerstreute Kreuzfeuer zu nehmen, hatte scheinbar keinen Erfolg. Was für die Tempelritter wie übermenschliche Geschwindigkeit aussah, war für mich ein angenehmer Tanz.

Seltsam, eigentlich war ihre Strategie dermaßen verteilte Schussrichtungen zu wählen, dass ein Ziel nicht ausweichen konnte. War ich soviel schneller als die Vampire, die sie sonst gejagt hatten?

Verdammt, sie wollten mich nicht treffen, sie wollten stattdessen, das ich auswich. Zu langsam lernte ich meine neuen Fähigkeiten zu nutzen. Da war Blut, ganz in meiner Nähe. Ein Kreis von Blut, ich roch ihn, unter dem edlen Läufer auf den ich mehr und mehr beim Ausweichen zustrebte.

Ein weiteres Mosaikstück in der Geschichte der Jahrhunderte. Wenn ich diesen Kreis roch, dann taten das alle Vampire. Nachdem Angriff auf unsere Festung in Rom hatte sich herausgestellt, dass Marketa einen Kreis aus Blut unter unserem Bett gezeichnet hatte. Aliana hatte mit mir in dem Bett verweilt, sie musste den Kreis vernommen haben. Doch wenn sie davon wusste, dann waren so viele Mosaikstücke falsch angeordnet worden. Marketa hatte den Kreis gelegt, doch er hatte keine Gefahr für uns bedeutet.

Ich kam dem Kreis unter dem Läufer bedrohlich näher. Sollte ich die Menschen der Nachteinheit angreifen? Mir war nicht nach töten.

Oft lässt sich in einem Puzzle ein Teil leichter dazu setzen, wenn die anderen bereits richtig liegen. Marketa hatte mich im Kampf in Rom festgehalten. Sie hatte auch ihre Reißzähne bedrohlich an meinem verwundbaren Hals gehabt, aber das war erstmal nur eine Geste. Sie hatte mich aus dem Kampf gehalten. Vielleicht hatte mich das schützen sollen?

Der Schwur im Geiste. Gideon hatte bestätigt, dass sie den Schwur uns nichts anzutun im Geiste geleistet hatten, den Aliana gefordert hatte. Seit wann ist ein Schwur im Geiste etwas wert, der nicht mit einem Blutritual besiegelt wurde? War es ein Schauspiel gewesen? Wenn ja, wem galt dieses Schauspiel?

Marketa hatte Alianas verlassenen Körper angespuckt, bevor sie mit Ngola verschwunden war. Jetzt machte alles einen Sinn. Wir hätten den Kampf gewonnen, aber er sollte nicht gewonnen werden. Ngola hätte uns normalerweise nach seinem Sieg alle direkt vernichtet, aber auch das war nicht geschehen. Das fertige Bild erstrahlte im Licht.

Mir war zum Lachen zumute. Es blieb aber ein schicksalhaftes Problem: das Bild aller anderen von mir war fehlerhaft zusammengesetzt.

Der kleine Mosaikstein namens Kain nahm die falsche Stelle ein. Sie gaben ihm in ihrer Interpretation deutlich mehr Gewicht als er in Wirklichkeit hatte. Wenn ich das fertige Bild auch erleben wollte, dann musste ich agieren statt nur zu reagieren. Ich musste die Nachteinheit besiegen. Ich musste Kains Kräfte nutzen. Nacirons Kräfte. Auch am Tag.

Die Schussbahnen drängten mich weiter zu dem verdeckten Blutkreis. Diesen durfte ich nicht betreten, sonst wäre ich verloren. Sie würden an mir das geheimste Ritual der Vampire vollziehen, und ich selbst würde den Stein der Weisen erleben, den ich so lange getragen hatte.

Die Luft wurde von den stürmenden Kugeln zerschnitten und verwirbelt. Ich griff nach dieser Luft und formte sie. Kain hatte ein Sakrileg wider der Natur selbst begangen. Viele Kräfte nannte der erste aller Verdammten sein eigen. Ich hatte sie geerbt.

Die Luft ließ sich von ihrem neuen Meister leiten und bot den Kugeln Widerstand. Ich ändere ihre vorbestimmten Bahnen. Und verschaffte mir dadurch mehr Zeit. Meine neuen sehr alten Kräfte musste ich noch erlernen, doch ich lernte schnell.

Die Zündungen der Templerwaffen verursachten winzige Feuerfunken. Ich sprach zu ihnen, und sie ließen sich von ihrem Meister zu Großem entfachen. Das Feuer erhitzte die Gewehre über alle Maßen, und die verbrannten Hände ließen die Waffen zu Boden fallen.

Die Templer zogen ihre Schwerter. Ich trat ihnen entgegen, ein Stück weg von dem gefahrvollen Läufer. Sie drangen als eine gemeinsam Front auf mich ein. Mein Blick fiel auf das Teewasser.

Der Tee, meine Vasallin. Es war nicht Nacirons Vasallin gewesen, dämmerte es mir, sie gehörte zu den Getreuen Kains. Zu seinem verloren geglaubten Haus. Das Haus der Elementmeister, von dem ich bereits in Mexico bei den Curanderos gehört hatte. Und in Afrika hatte ich einen der ihren kennengelernt. Er war bei Marketa gewesen, sie hatten Kain in mir befragt. Was ergab dieses Mosaikteil?

Marketa hatte sich mit den Elementmeistern angefreundet, um für Imhotep und seine Kinder den Beweis zu ergattern, dass Kains Stein der Weisen in mir schlummerte. In Afrika hatte sie den Beweis erhalten. Und seit dem anders auf mich geblickt.

Der Tee war von den Curanderos geschaffen, diese Vampire mit ihren mächtigen Dämpfen. Er hatte mir vorhin geholfen, Kains Kräfte weiter freizusetzen. Die Curanderos mussten mit dem Haus Kains verbunden sein, wie lange wehrte schon ihr Plan den ersten Vampir zu befreien?

Es hatte Jahrhunderte gedauert, bis der Stein der Weisen dazu stark genug war. Dieser Tee, das Geschenk der Curanderos und der Elementmeister, würde mir nun helfen. Zuerst mit seinem helfenden Dampf, der meine Macht zur Entfaltung befreite.

Das heiße Teewasser liebte den Klang meines Geistes. Durch die Luft ließ es sich tragen und warf sich meinen Feinden in die Augen. Kurz desorientiert merkten sie nicht, wie ich mich von ihnen abwandte und eine der Fensterfronten öffnete.

Die sanfte Luft des Tages war erfrischend. Ich lächelte zur Sonne, während sich draußen die Erde selbst erhob, an mir vorbei ins Innere raste und die Nachteinheit umriss. Diese Krieger waren erschaffen worden um mich zu schlagen. Doch die Elementmeister aus Kains verlorenem Haus hatten sich stets verborgen gehalten, so dass man den Dunklen Arm der Templer nicht gegen ihre Kräfte hatte trainieren können.

Außerdem hatten sie sicherlich vermutet, dass sich meine Kräfte am Tag in Grenzen hielten. Somit hatte niemand mit meinen Mächten gerechnet. Und die größte Macht war noch nicht einmal offenbart.

Auferstehung

Es wurde Nacht, als ich in der Kammer des Rituals wartete. Ngola lag dort auf einem steinernen Altar. Angeblich sollte er in dieser Nacht hier das schlimmste Ritual der Vampire erleiden. Das hatte man allerdings wohl nur mir so weismachen wollen.

Die Templer waren überall auf dem Anwesen verteilt, sie hatten mich in die Kammer gelassen. Ein paar von ihnen mussten eingeweiht gewesen sein, unter anderem Yara Fortaleza. Ich hatte sie des Verrats bezichtigt. Dabei hatte sie niemals Aliana verraten. Sie war nur Teil des mir bestimmten Theaterstückes gewesen.

Während ich geduldig wartete, hatte ich mich mehrfach zurückreißen müssen, Ngola nicht zu berühren. Die Zeit verging langsam, für den Menschen, der ich immer noch war.

Die unsterblichen Götter hatten alles geplant, aber ein paar Dinge hatten sie überrascht. Was in Aliana schlummerte, konnten sie nicht erahnen, und wie ich reagiert hatte, war für sie ebenso unvorhersehbar. Ein weiteres Mosaikteilchen. Ngola, der mich überrascht und entsetzt angesehen hatte, als ich vorgab von Sara gebissen worden zu sein. Und der Anflug eines Lächelns als er die Versammlung verlassen hatte. Alles war so deutlich.

Ich saß auf einer unbequemen Steinbank an der Mauer der Kammer, als sie eintraten. Es war keine riesige Armee, dennoch eine Ansammlung der größten Mächte dieser Welt. Fürst Imhotep, Prinz Gideon und meiner Fürstin Blutstochter betraten den Raum. Ich begrüßte sie alle mit einem Lächeln, auch Marketa. Besorgnis und Angespanntheit lag auf ihren Gesichtern.

»Tretet ein, werte Gefährten der Nacht. Ich habe Wache gehalten.«

Alle drei prüften Ngolas Körper mit ihren Blicken, während sie mich aber immer im Sichtfeld behielten. Ich war ihr Feind.

»Es herrsche Frieden in dieser Kammer. Mich freut es, Euch alle hier zu sehen.«

Die Vampire tauschten verstohlene Blicke aus.

»Hast Du keine Fragen, Marketa? Du hast doch viele Mühen auf Dich genommen, Kain in mir hervorzulocken?«

Ihr Name in der Dunkelheit kam von der tschechischen Form von Margarete, was vom altgriechischen Wort »margarita« stammt und »Perle« bedeutet. Die Griechen übernahmen es von den Persern, wo Perle auch für Kind des Lichts stand, da sie annahmen, dass sich Tautropfen durch Mondlicht in Perlen verwandelten. Marketa, das Kind des Lichts. Von doppelten Blute, nicht verwundbar vom Symbol ihres Sakrilegs. Sie war der Schlussstein der Blutmeister und deren Sakrilegs.

Marketa löste sich von den anderen und trat ein paar Meter beiseite, während sie meinen Worten lauschte. Sie wollten sich verteilen, um eine bessere Kampfaufstellung gegen mich zu haben.

Ich fügte meinen Worten hinzu: »Damals bereits in Afrika, als Du zum ersten Mal Kontakt hattest.«

Ich wechselte zu Gideon.

»Und Gideon, es war sicherlich nicht einfach, das Theaterstück perfekt zu spielen, und dem Tod Deiner göttlichen Schwester beizuwohnen. Trotz allem hast Du der

Scharade perfekt gedient und sicherlich zur Glaubhaftigkeit in meiner Geiste mit Deinen Kräften nachgeholfen.«

Jetzt blickte ich Imhotep in die Augen.

»Und Schattenlord Imhotep, der ewige Lenker des Weltenplans. Eure Tochter zu opfern, um derart Gefühle in mir auszulösen, dass selbst der im Stein eingeschlossene einstige Geliebte Alianas aufschrie. Das alles, nur um Kain hervorzulocken, um ihn wieder zu besiegen. Hattet Ihr wirklich soviel Angst vor ihm, eingeschlossen in meinem Körper?«

Gideon suchte in meinen Geist einzudringen. Ich wies ihn nicht ab, sondern ließ es zu. Langsam öffnete ich nach und nach die Barrieren. Es würde dauern, bis er tief genug in mir sein würde.

»Und natürlich Ngola. Seit wann stand fest, dass Ihr ihn opfern würdet? Ein interessanter Schachzug. Ihr stiftet ihn über Marketa an, die Macht über Eure Häuser zu gewinnen. Nur um ihn zu opfern. Das hätte ich deutlich schneller durchschauen müssen, nachdem wir dies bereits Kalai angetan haben.«

Einige Blutstropfen fielen von Marketas Händen. Sie hatte sich vorbereitet. Ich musste in Gedanken an die blutigen Rituale von ihr lächeln. Auch das Kind des Lichts würde es schwer haben, gegen mich zu bestehen.

»Sara war sicherlich ein schwerer Schlag, als Ihr tatsächlich glaubtet, ich hätte mich von Ihr verwandeln lassen. Dann hättet Ihr die Mächte Kains und die Saras vereint in mir gegen Euch gehabt. Sicherlich war es erleichternd, als sie Euch sagte, dass es nicht der Wahrheit entspricht«, ich deutete auf Ngolas Körper, bevor ich mit meinen Worten fortfuhr: »Bleibt nur noch das Problem mit den restlichen Elementmeistern. Sie haben ewige Zeiten im Verborgenen gelebt und auf die Rückkehr Kains gewartet. Denkt Ihr, sie hätten sich wieder zurückgezogen, wenn Ihr Kain erneut bannt? Oder was hat Euer Plan für sie vorgesehen? Kain vor Jahrtausenden hinterhältig in den Stein zu bannen um ihn herauszulocken, wenn die Allianz der Häuser stark genug ist, gegen den ältesten Vampir anzutreten? Alles für die Neccessidas Aedum?«

Imhotep erhob seine Stimme. Ich wusste, es war ein letzter Trick, um mich abzulenken vor dem Kampf: »Kain, was immer Du vorhast, wir werden Dich besiegen. Absoluter freier Willen ohne Regeln führt zur Vernichtung. Freier Willen darf nur soweit führen, wie er niemand anderen verletzt. Ergib Dich und wir finden eine Lösung…«

Ich unterbrach ihn: »Nicht Kain. Ich heiße Naciron. Oder Hilo, wie meine Geliebte mich nennt.«

Prinz Gideon wirkte für den Hauch einer Sekunde unsicher. Worauf war er in meinem Geist gestoßen?

»Ihr habt Furcht vor Kain, aber er steht nicht vor Euch. Sicher, ich trage ihn in mir. Mehr als je zuvor, nachdem die Ereignisse ihn vom Stein lösten. Aber Kain als solches ist nicht mehr. Das Ritual ist unumgänglich, da kann ich Euch beruhigen. Kains Essenz, seine Gedanken, Erinnerungen, Kräfte, sie sind in mich geflossen. Aber ich bin nicht Kain und werde es nie sein. Er wurde zu einer Facette von mir. Euer größter Irrglaube liegt in meinen Kräften. Ihr hattet gehofft, die Nachteinheit würde mich besiegen. Das hat schon nicht funktioniert. Jetzt denkt Ihr, die Kräfte Kains zu kennen. Die Kraft der Elementmeister. So wie Ihr, Lord der Schatten Imhotep, Kain aus alten Zeiten kennt. Doch die mit seinem Sakrileg verbundene Kraft ist weit größer. Und die

Zeit im Stein hat die letzte Kraft freigesetzt. Es ist die wahre Kraft, die ein Elementmeister erringen kann.«

Ich schaute Imhotep an, er erwiderte meinen Blick. Nichts trennte uns mehr vom Kampf. Doch niemand kämpft, wenn er diese meine größte Macht spürt. Es schlich sich in die drei Vampire, und es würde in jeden weiteren eindringen, der sich mir entgegenstellte. Die Kraft raubte mir Energie, und ich fühlte mich schwach und ausgelaugt.

Bruderliebe. Reinste Liebe.

KIND DES LICHTS

Marketa leistete mir Gesellschaft. Die Perle unter den Blutmeistern hatte mich offiziell im Anwesen von London besucht. Sie kannte diesen Sitz des Hauses Baphomet so gut wie ich. Marketa hatte hier viele Jahre verbracht, sich vom Londoner Himmel mit der wertvollen Flüssigkeit namens Wasser beschenken lassen. Sie hatte in unzähligen von Londons Gassen gejagt. Sie hatte mehr als eines der Londoner Mädchen verführt. Sie hatte hier in der Affäre um das Grim Noir dem Haus wertvoll gedient.

Das Kind des Lichts hatte diesmal förmlich um eine Audienz gebeten. Aber mir stand eher der Sinn nach einem privaten Treffen, deshalb verließen wir das Anwesen nach ihrem Eintreffen wieder und schlenderten durch die Straßen der Metropole. Sie wirkte still und zurückhaltend. Erst in der Einsamkeit des Hyde Parks sprach sie zu mir und bat mich um Entschuldigung. Ich nahm ihre Hand, strich über diese und grinste sie an.

»Du musst Dich nicht entschuldigen. Du hast das alles für meine Familie getan. Da gibt es keinen Grund, sich zu entschuldigen.«

Marketa versuchte mein Grinsen zu erwidern. Sie wirkte noch ein wenig unsicher.

»Dennoch. Wir wollten Kain in Dir vernichten, und dabei haben wir Dich schwer verletzt. Das wollte ich nie.«

Sie fasste meine Hand, drehte mich mit einem Ruck zu ihr und schmiegte sich an meinen Körper.

»Ich liebe Dich, Hilo.«

Ich strich über ihr Haar und küsste sie auf die Wange.

»Das weiss ich. Aber Du weisst sicher auch, dass meine Liebe Aliana gehört.«

Sie nickte. Ich glaubte ein Schluchzen zu vernehmen, doch sie verbarg ihr Gesicht auf meiner Brust.

»Außerdem magst Du doch viele Männer, statt mich Langweiler«, versuchte ich die Situation aufzulockern.

Sie schaute mich mit ihren feuchten grünen Augen mit einem sehr lasziven Ausdruck an.

»Außer Dir ertrage ich Männer intim immer nur zu mehreren. Du bist der Einzige, den ich allein will«, verriet sie mir mit knisterndem Unterton in der Stimme. Jede noch so kleine Bewegung meinerseits versuchte Marketa wahrzunehmen.

»Mich gibt es nur mit meiner Fürstin, die ich auf ewig in meinem Herzen trage«, lächelte ich sie an, doch es fiel mir nicht leicht ihr zu widerstehen.

Sie küsste mich auf die geschlossenen Lippen: »Das stört mich nicht.«

Dann trat sie wieder neben mich, nahm mit kindlicher Leichtigkeit meine Hand und schwang unsere Arme spielerisch vor und zurück, während sie weiter mit mir durch den Park schlenderte.

»Ich habe in Deinen Aufzeichnungen geblättert, Deine Schrift hat sich ein wenig verändert. Sie wirkt energischer.«

Diesmal war es an mir bloß zu nicken. Nach einer Pause versuchte ich es mit ein wenig Plauderei.

»Larex Ibarra war also nicht wirklich vom Schuss getroffen worden in Rom«, stellte ich fest.

»Doch, schon. Aber er hatte eine Kevlarweste an, und Mackinnons hatte sehr genau gezielt, um ihn nicht ernstlich zu verletzen.«

»Alle waren eingeweiht.«

»Nein«, meinte Marketa zu mir, und ich spürte ein sanftes Streicheln mit ihrem Daumen über meinen empfindsamen Handrücken, »lediglich die, welche über ihre Rolle in der Geschichte Bescheid wissen mussten.«

Wir gingen ein Stück und genossen die Nachtluft. Plötzlich hauchte Marketa: »Lukas, 22:47. Der Kuss des Ischariot.«

Mir dämmerte etwas. An unserem friedlichen Abend in Coburg, einige Zeit vor dem Überfall, hatte ich Aliana gefragt, was sie mit Gideon plante. Damals hatte sie eine Nachricht mit Ischariot und Lukas und 22:47 Uhr als Inhalt zu Gideon senden lassen. Und Aliana hatte mir lapidar geantwortet: »Es geht bloß um einen Kuss.«

Wie recht sie mit der Antwort gehabt hat. Im Evangelium von Lukas, 22:47 berichtet der Apostel »Während er noch redete, kam eine Schar Männer; Judas, einer der Zwölf, ging ihnen voran. Er näherte sich Jesus, um ihn zu küssen.«

Es ging nicht um irgendeinen Kuss, sondern um den Judaskuss. Den Kuss des Verräters.

Ich nannte mich belesen, doch war mir nicht aufgefallen, was sie mit Ischariot gemeint hatte. Denn der vollständige Name desjenigen, der den Menschensohn ausgeliefert hatte, war Judas Ischariot.

»Der Menschensohn muss zwar seinen Weg gehen, wie die Schrift über ihn sagt. Doch weh dem Menschen, durch den der Menschensohn verraten wird. Für ihn wäre es besser, wenn er nie geboren wäre«, hatte einst Jesus gesprochen.

Aliana hatte damals den Verrat gegen sich selbst geplant, und ihre Blutstochter Marketa hatte die undankbare Rolle des Judas eingenommen. Doch für Marketa war nicht das vorgesehen, was Jesus Judas vorhergesagt hatte. Ihr war verziehen. Ich hatte der Blutstochter meiner Fürstin verziehen.

War ich es doch selbst, der nicht verstanden hatte, dass es in der Welt der Dunkelheit niemals nur um einen Kuss ging.

Marketa war in dieser Nacht bei mir geblieben. Wir hatten die Zeit damit verbracht, über Erinnerungen zu reden, über die gemeinsam erlebten Jahrhunderte. Es war schön, nicht mit angstvollen Gedanken allein zu sein.

LORD DER SCHATTEN IMHOTEP

In der nächsten Nacht besuchte mich Imhotep. Wir nahmen gemeinsam ein nächtliches Getränk ein, ich widmete mich einem edlen Wein, er bevorzugte echtes Blut.

»Trägst Du alle Erinnerungen Kains in Dir, Naciron?«

Ich überlegte kurz.

»Ich denke schon. Da es nicht meine eigenen sind, ist es nicht so einfach, die Erinnerungen wach zu rufen. Ich spüre seine Erinnerungen oft erst nach einen Auslöser.«

»Dann werde ich Dir jetzt einiges über Aliana berichten, dass Dir vielleicht neue Erinnerungen über sie schenkt.«

Ich lauschte begierig.

»Kain kannte Aliana bereits als Menschenfrau, wie natürlich auch ich. Sie war Tochter einer adligen Familie. Ich war mit ihren Eltern befreundet. Die Familie wusste um meine Art. Ich sah sie aufwachsen und von einem wunderschönen Mädchen zur einer traumhaften Frau reifen. Ich selbst stellte sie Kain vor.«

Ich war mir unsicher, ob ich das wirklich hören wollte, aber nichts würde verhindern, dass meine Ohren alles aufnahmen.

»Kain war von ihrer Schönheit und Anmut beeindruckt, sie erinnerte ihn an jemanden bestimmten aus seiner frühesten Vergangenheit.«

Vage Bilder tauchten in meinem Kopf auf.

»Sie war so ein reizendes Mädchen und als Frau schier unwiderstehlich. Sie verliebte sich auch in Kain. Irgendwann bat sie mich, sie zu verwandeln.«

Imhotep stand auf und trat an das Fenster. Er schaute in den Park, der das Anwesen umschloss.

»Jetzt kommt meine Schuld, Naciron. Ich verwandelte sie. Aber nicht, weil sie mich darum gebeten hatte, das war lediglich der Auslöser. Auch nicht, weil ich eine unsterbliche Tochter wollte, dass war bloß ein schöner Nebeneffekt. Der eigentliche Grund war das Resultat einer logischen Analyse meines damals größten Problems.«

Ich sah auf seine rückwärtige Statur und bemerkte: »Kain und die Neccessitas Aedum.«

Fürst Imhotep seufzte.

»Ja, mein Problem in Gestalt von Kain. Ich hatte das Geheimnis des Steins der Weisen entschlüsselt, aber eine Zutat fehlte mir.«

Er setzte sich wieder zu mir.

»Du hast Aliana einst als Lilie bezeichnet. Ich glaube, es war Kains Einfluss, dass Du darauf gekommen bist. Denn die Lilie ist zum einen die Blüte, aber zum anderen auch der metallene Samen in der Alchemie, der zur Erzeugung des Steins der Weisen unabdingbar vonnöten ist. Aliana ist diese Lilie.«

Ich nippte an meinem Glas. Mehr und mehr Bilder prallten in mein Bewusstsein.

»Nicht Aliana im Speziellen gehört zum Ritual, aber sie war notwendig. Die Verbannung eines Vampirs in den Stein erfordert eine Liebe, die ihn bindet, und die ihn hintergeht. Verrat schließt den Stein.«

Ich schluckte, als ich Kains Gefühle spürte. Emotionen ausgelöst von der Erinnerung, dass Aliana ihn einst in die Kammer geführt hatte. Eine Kammer, in der er ungestört mit ihr hatte sein wollen. Aber dort hatten ihn mächtige Vampire erwartet und in den Stein eingeschlossen. Einen Stein, den seine große Liebe dann versiegelte. Er war im ewigen

Gefängnis gelandet, weil sie ihn mit einem Kuss lockte und bannte.

»Aliana als meine Blutstochter war mir treu ergeben, obwohl sie auch für Kain schwärmte. Sie hatte ihn geliebt, aber verraten. Liebe ist ein zweischneidiges Schwert.«

Ich sah das alles jetzt, sah Aliana, wie sie damals auf Kain gewirkt hatte. Etwas fehlte in meiner Erinnerung, ein Detail, dass auch Kain nie verstanden hatte.

»Wie konnte sie ihre Liebe verraten?«

Imhotep drehte das Weinglas in seiner Hand.

»Genauso, wie sie Dich, Hilo hintergangen hat, als sie dem Plan gegen Dich, gegen Kain in Dir billigte. Weil sie wusste, was notwendig ist.«

»Sie hat die Neccessitas Aedum über ihre Liebe gestellt?«

»Sie hat das Kainsmal auf ihrer Liebe erkannt, und wusste das freier Wille richtig ist, insofern er andere nicht verletzt. Sie spürte, wie wichtig es war, den Vampiren Einhalt zu gebieten. Sie nicht haltlos gegen die Menschheit prallen zu lassen. Sie wusste, wer Kain war. Das er sie liebte. Aber auch, dass er sie fallen lassen würde, sobald ihm der Wunsch danach stand. Denn sein freier Wille kannte keine bindenden Verpflichtungen, keine natürlichen Grenzen bei der Selbstverwirklichung. Sie tat was sie tun musste. Das ist der Weg zur Erlösung.«

Ich verstand nun, die Bilder aus Kains Erinnerungen mit der Wahrheit zu verbinden und eine Sicht des Geschehenen zu bekommen. Aliana war zur Unsterblichen geworden, um eine Waffe gegen Kain zu sein. Imhotep hatte sie mit seinem Sakrileg verflucht, um sie gegen den einen ersten Vampir benutzen zu können. Ich erinnerte mich an viele Jahre, in denen Kain und Aliana gemeinsam wandelten. Bis zu ihrem

Verrat. Wie ich – Kain – zum letzten Mal ihre anmutige tödliche Schönheit sah, als die neun Vampire aus dem Schatten traten, und der erste aller Vampire die in den Steinboden gemeißelten Runen bemerkte. Als er während ihres Kusses wusste, dass er verloren war. Endlich spürte, wie es Abel ergangen war.

Die neun Vampire hatten ihre Kräfte auf ihn gerichtet, der Kuss war die Besiegelung. Mit ihren dunklen traumhaften Augen in seinem Geiste und der seidigen Berührung ihrer Lippen, zerfiel er zu Staub. Denn mit dem Ritual gelang es ihnen, einen Sonnenstrahl in dieser Kammer bei Nacht auf ihn zu entfesseln. Das Licht war in einem Gefäß aus schwarz-blauem Glas gespeichert, wie es Imhotep dank seiner Studien vom Kult des Sonnengottes erlernt hatte.

Der Staub wurde mit den Mächten der Vampire, ihrer gebündelten Kraft eins mit dem kalten kleinen Opal-Stein, der bereitlag. Imhotep hatte ihn eines Nachts an der Küste aufgesammelt. Dieses schöne und vom Meerwasser sehr rund geschliffene, aber ordinäre Stück toten Gesteins wurde beseelt mit Kain.

Der Staub wäre einst entkommen. Vermutlich hätte das feine Pulver aus der Essenz Kains sich noch in derselben Nacht vom Stein befreit, und er wäre auferstanden. Doch Aliana beugte sich zu dem Stein hinab.

Der Kuss des Verrats im Ritual des Steins des Weisen wird zweimal durchgeführt. Kain spürte damals, wie sich die Lilie auf ihre Lippen biss, so dass Blutstropfen herunter fielen. Sie küsste den Stein, dabei verteilte sich das Blut auf der glatten Oberfläche und wurde vom Staub begierig hinein gesogen. Ihr metallisch schmeckendes Blut war der vom Stein der Weisen geforderte metallene Samen der Alchemie.

»Weisst Du, seit wann ich wusste, dass Kain in Dir erwacht ist, und unser Plan aufgegangen war?«, fragte mich Imhotep.

Ich schüttelte den Kopf. Fürst Imhotep erklärte es mir: »In dem Moment, als Du mich zum ersten Mal mit Schattenlord angesprochen hast. So nannte mich in allen Zeiten nie ein Mensch, sondern lediglich ein einziges Wesen der Nacht. Kain.«

ALIANA

Meine Liebe zu Aliana begann seltsam und nahm einen noch viel seltsameren Verlauf. Zu Beginn war mein Verhältnis zu ihr durch nackte Angst geprägt. Zuletzt liebte ich es, wie sie meine Gefühle durch das gezielte Einsetzen von ihrer Furchtaura und ihrer Liebe zu mir einem Sturm aussetzte.

Mit dieser Herbeiführung der intensivsten Emotionen verursachte sie ein Chaos in meinem Inneren, dass mich die Nähe zu ihr auf leidenschaftlichste Weise spüren ließ.

Doch der Weg dahin, bis sie als Fürstin und Ehefrau an meiner Seite weilte, war lang. Die Zeit ist mein Zeuge.

Ich sehe uns spazieren durch die dichten Urwälder des mittelalterlichen Europas. Kämpfen gegen ein Rudel Wölfe, die mich zerfleischen wollten, gierig auf mein menschliches Fleisch. Wir töten drei Tiere des ausgehungerten Packs, der Rest floh danach. Ich wischte das Blut von Alianas Lippen. Der Schnee um uns war schwarz gefärbt. Selten erscheint Blut wahrlich rot.

Mir war heiß vom schnellen Kampf, ich presste mich an ihren Körper und genoss die Aura meiner Fürstin. Sie schmiegte sich an mich und das Leder unserer Kleidungen rieb aneinander.

Fürstin Aliana führte ihren Mund zu dem meinen und als sich unserer Münder vereinten, breitete sich salziger sowie metallischer Geschmack in mir aus. Meine Zunge liebkoste die ihre, und Aliana ergriff meine Hände. Mein Körper kühlte nach dem Kampf, befallen vom nächtlichen Hauch des Winters, wieder ab. Aber die Erregung, Aliana so zu spüren, half dagegen.

Ich spürte ihre scharfen Reißzähne, als ich mit meiner Zungenspitze sehr vorsichtig darüber fuhr. Ich verlor mich in dunklen Augen des Todes. Meine Lider schlossen sich, ich war bezwungen vom Kuss einer Göttin.

Unser erster gemeinsamer Kuss. Niemals werde ich diesen vergessen.

LIEBE

Warum war es nicht zu einem Kampf zwischen mir und der Familie Imhotep gekommen? Sie alle hatten meine Liebe gespürt. Die letzte Kraft Kains, die er mir hinterlassen hatte. Nichts hätte sie mehr bewegen können, gegen mich zu kämpfen. Und als ich Gideon in meinen Geist vollständig einließ, wusste er, dass von Kain in mir keine Gefahr drohte. Liebe verband uns.

Die Elementmeister des verlorenen Hauses Kain hatten sich wieder in den Hintergrund zurück gezogen. Ich hatte mit ihnen verhandelt, und sie erkannten in mir Kain. Aber auch alles, was ich sonst war. Sie wählten die Existenz fern der Welt der Dunkelheit, schworen aber, über die Häuser hinweg die Balance zu sichern. Sie waren fortan die Wächter der Dunkelheit, mit Werten, die weiter gingen als die Neccessidas Aedum. Der freie Wille, den Kain gepredigt hatte, war nicht ihr Anliegen. Das glaubte ich zumindest. Imhotep war nicht glücklich darüber.

Und Liebe – ohne meine neue Kraft – führte uns zu unserem nächsten Ziel. Es kostete Zeit, aber diese Zeit war nichts für uns Unsterbliche. Als der rechte Tag, die richtige Nacht kam, brachten wir Ngolas Körper in das Privathospital der Stiftung Fondation Salomonici d'aide aux Malades um das Bild aus Mosaiksteinen zu vollenden. Wir brachten den durch die Blutmeister gebannten und erstarrten Körper in einen Raum, in dem Alianas fast verlassener Leibestempel bereits wartete.

Dr. Romero begrüßte mich. Sie hatte den Zeitpunkt bestimmt, von dem jetzt alles abhing. Imhoteps Plan, erweitert um die unbekannte Facette. Das Kind, das in Aliana gewachsen war. Ngolas Körper befand sich jetzt neben Alianas. Marketa begann mit den Vorbereitungen.

Mutmaßungen über das Kind gab es viele. Ist es das Blut Jesu, das vielleicht Aliana ein Kind bekommen kann? Immerhin tragen es die Angehörigen der Ahnenlinie Baphomets. Oder war es eine geheime Kraft, die mir innewohnte? Niemals war es einem Vampir gelungen ein Kind zu zeugen oder zu tragen. Der wahre Ursprung war trivialer.

Marketa hatte damals mit dem Blutkreis und dem Anspucken dafür gesorgt, dass Alianas Körper die Zeit unversehrt überstehen würde. Ihr war es zu verdanken, dass der Leib meiner Göttin nicht zu Staub zerfallen war. Und somit auch, dass ein Kind überhaupt hatte wachsen können. Ein Kind, unvorstellbar für einen Vampir.

Am Tag regeneriert sich ein Vampir, sein Körper kehrt immer zu dem Zustand der Wandlung zurück. Selbst wenn ein Kind in einem Vampir gezeugt wurde, es würde im vampirischen Tages- und Nachtrhythmus vernichtet. Doch Aliana hatte seit unserer Nacht der Zeugung keinen solchen Rhythmus mehr erlebt.

Sie hatte den Körper verlassen und Marketa hatte ihn vor Verfall geschützt. Das hatte unserem Kind die Chance gegeben zu leben. Eigentlich hatte Marketa den Körper gewissermaßen einfrieren lassen, dennoch wuchs das Kind. Es hatte unter diesen Bedingungen in Alianas Körper sein Leben begonnen.

Die Ärzte hatten es geschafft, das unvorstellbare Kind in Alianas Körper zu ernähren. Ich hatte dieses Kind so oft wie möglich meine Nähe spüren lassen, damit es wenigsten einen Herzschlag außer dem eigenen zu vernehmen in der Lage war.

»Es ist vorbereitet«, sprach Marketa sanft irgendwann zu mir. Ich nickte ihr zu. Sie rief weitere Blutmeister hinein, und sie führten das Ritual durch. Sie kanalisierten Ngolas Blut und tauschten es gegen das Blut, welches man Aliana zugeführt hatte. Alles, bis hin zum Letzten Tropfen. Der Kreislauf der göttlichen Wesen war geschlossen. Ich wartete Stunden um Stunden direkt an Alianas Bett, ihre kalte tote Hand umschlossen. Gideon und Imhotep befanden sich im Nebenraum. Marketa war im Ritual versunken, wir anderen harrten dessen, was kommen würde.

Dr. Romero hatte schließlich mit der Geburt schwer zu kämpfen. Aber dann schlummerte meine Tochter in meinen Armen. Meine Tränen begrüßten das neue Kind dieser Welt.

DIE WAHRE HIMMELFAHRT

Als die Nacht vergangen war, begab ich mich erschöpft zur Ruhe. Ich schlief in einem Hospitalraum mit meiner Tochter. Der Tag verging.

Eine Hand weckte mich sanft. Eine kühle Hand. Eine Hand mit der Kraft von Jahrtausenden, die alle Liebe in mir ausschlagen ließ. Meine Göttin stand vor mir, Aliana.

Ihr Körper hatte sich während des Tages regeneriert, nachdem sie mit dem Blutritual wieder in ihren eigenen Leib zurückgekehrt war. Heimgekehrt aus Ngola, der sie mit ihrem Letzten Tropfen wie ein Trojanisches Pferd in sich aufgenommen hatte. Und der den Kampf gegen ihren Wahren Tropfen bei der Aufnahme in Rom verloren hatte.

Das Zentrum des Mosaiks. Ich hätte es wissen müssen. Bei der Aufnahme eines Wahren Tropfen gibt es einen Kampf um die Vorherrschaft. Aliana hatte diesen Kampf gewonnen, wie sie es gemeinsam mit Imhotep und Gideon geplant hatte.

Um Kain in mir zu provozieren. Ngola hatte seit dem nicht mehr existiert. Nur noch Aliana in dem fremden Körper. Doch jetzt war sie wieder an meiner Seite, vertraut wie immer.

Es war geplant, dass Aliana eine Zeit als Ngola agierte, um Kain in mir zu wecken. Imhotep plante Kain erneut zu besiegen, nachdem sie gemerkt hatten, dass er in mir existierte und über die Jahrhunderte erwachte. Marketa hatte Alianas Körper geschützt.

Daher hatte mich Aliana bei dem Überfall lächelnd angesehen, als ich voller Misstrauen der Geschichte Yara Fortalezas gegenüber gestanden hatte.

Genauso, wie sie bei den Worten der Curanderos an unserem ersten Besuch in Mexico-Stadt gewusst hatte, wer die Elementmeister waren. Schließlich wandelte die Göttin Aliana bereits, als die Elementmeister in die Verborgenheit gingen.

»Ich liebe Dich.«

Ich blickte sie dankbar ob ihrer Worte an.

»Ich habe Dich schrecklich vermisst, Aliana. Und ich bin nicht Kain.«

Sie nickte: »Ich weiss. Ich sehe in Deinen Augen, wer Du bist. Da ist etwas von meinem alten Geliebten. Aber da bist auch Du, vollständig, Hilo.«

Ich lächelte sie an.

»Wir haben ein Kind, Aliana.«

Sie drehte sich einmal, und lächelte mich liebevoll an. Jetzt trug sie ein kleines Geschöpf in ihren Armen. Sie hatte unsere Tochter bereits kennengelernt. Endlich wussten wir beide um unser Kind.

»Ja. Das hatten wir nicht geplant«, sie lachte leise.

»Wir zwei oder Ihr drei?«, fragte ich voller Ironie. Meine Göttin zwinkerte mir mit dunklen Augen zu.

»Alle«, antwortete sie. Mehr war im Augenblick nicht notwendig. Wir hatten viel Zeit, alles aufzuarbeiten. Ich wusste bereits von Gideon, dass die Durchführung des Plans, der, als Absicherung gegen Kain in mir, bereits seit Jahrhunderten wuchs, Imhoteps Bedingung gewesen war, in unsere Hochzeit einzuwilligen.

»Es scheint, dass etwas Altes vernichtet werden muss, um etwas Neues zu schaffen«, flüsterte meine Liebe, während ihr sanftester Blick über unserer Tochter schwebte.

»Viel musste vernichtet werden«, hauchte ich zurück.

»Und viel wurde dadurch neu geschaffen«, fügte ich hinzu.

»Es tut mir leid, Hilo«, ihre Hand strich zärtlich über meine Wange.

Ich lächelte sie an. Alles war unwichtig. Meine Göttin lebte wieder.

»Ich habe es aus Liebe zu Dir getan, Hilo. Um Dich zu befreien von ihm.«

Sie hatte draußen im Gang mit Imhotep und Gideon geredet, bevor sie mich geweckt hatte, vermutete ich. Ich wischte den Schlaf aus meinen Augen.

»Kain stellt für Euch keine Gefahr da. Da ist kein Groll. Er ist mit Euch und sich im Reinen. Und er beherrscht mich nicht.«

Sie betrachtete mich aufmerksam. Lediglich da sie unsere Tochter hielt, schloss sie mich nicht in ihre Arme.

»Gideon sagte mir das schon. Aber der Plan…«

»Du hast aus Liebe zugestimmt. Sonst hätte Imhotep unsere Vereinigung nicht geduldet«, stellte ich fest. Sie nickte mir zu, erleichtert, dass ich dies wusste und ihr verziehen hatte.

Imhotep und Gideon hatten ihr in der Gestalt von Ngola nicht gesagt, dass ihr Leib ein Kind trug. Daher hatte sie auch dergleichen erschrocken reagiert, als ich es Ngola bei der Schlacht offenbart hatte. Auch das wusste ich mittlerweile. Doch all das war vergangen. Es zählte das, was die Zeit gedachte, uns jetzt zu bringen. Sie sah so wunderschön und göttlich aus.

Aliana zwinkerte mir verstohlen zu: »Es sind auch bereits Glückwünsche aus Japan eingetroffen. Das Haus Tadashi wünscht unserer Tochter und uns alles Gute. Interessant, wie sie so schnell davon erfahren haben. Du musst die

Glückwunschkarte lesen. Sie haben uns ihren treuen Samurai Date Bontenmaru als Leibwächter unseres Kindes angeboten. Sie bezeichnen unsere Tochter als Sayuri, kleine Lilie. Wir werden der Welt der Dunkelheit eine Menge zu erklären haben.«

»Liebe wird uns dabei helfen«, grinste ich sie an.

Ich erblickte mein Kind. Das Geschenk der Götter hatte Aliana und mir die Pforte des Himmels geöffnet. Ich zitterte, als Aliana mir das zarte Geschöpf mit ihren starken Händen reichte.

Voller Angst wollte ich verweigern es anzunehmen. Doch die Sorge trat mit jedem Augenblick, in dem das Mädchen näher kam, in den Hintergrund. Ich ergriff meine Tochter, schloss sie in meine Arme und presste mein Kind an meinen Körper. Gemeinsam fühlten wir auch Alianas Liebe, als meine Göttin uns umarmte.

»Kommt Pariah nach mir oder nach Dir, Aliana?«

»Die Schönheit soll Pariah von mir bekommen, Gefühle von Dir erben. Und alles weitere wird sich zeigen.«

Aliana hatte den von mir gewählten Namen bereitwillig angenommen. Trotz des düsteren Hintergrundes – Pariah stand für »die Ausgestoßene« – empfand ich den Namen treffend und schön.

Ich strich über die kleinen weichen Lippen meiner schlafenden Tochter und dankte Gott seinen Abtrünnigen ein solches Geschenk gemacht zu haben.

Was auch immer sie für ein Wesen war und sein würde, sie war meine Tochter. Ich liebe sie. Wie auch ihre Mutter, meine geliebte Frau. Fürstin des Hauses Baphomet, Prinzessin des Hauses Imhotep, für mich die Königin der Nacht. Keinen Atemzug werde ich je tun, ohne sie beide zu lieben. Und dies brachte uns Unsterbliche dem Himmel näher, als wir ihm je zu kommen wagten.

EPILOG

Pariah wuchs und lernte, sammelte Erfahrung und beflügelte Alianas und meine Liebe.

Vom ersten Augenblick an besaß sie Alianas Schönheit. Ihre dunklen, unnachgiebigen, ernsten Augen. Für die Templer war sie bereits jetzt eine Herrscherin. Für die Vampire und ihre Häuser ein Phänomen.

Pariah, die Menschentochter. Das Kind der Vampirfürstin. Ihre Entwicklung schritt merklich schneller voran, als eines Menschen üblich. Was dem Stillstand der Vampire widersprach. Dennoch heilte sie, wenn sie sich verletzte, schlief am Tag und gierte nach Blut, wenn sie sah, wie ihre Mutter Aliana trank.

Mein Kind. Meine geliebte Tochter. Date Bontenmaru wurde ihr Beschützer, der Vampir wich nur selten aus ihrer Nähe, blieb allerdings stets in respektvollem Abstand. Jeden bösartigen Eindringling in ihre Kindheit hätte sein Katana, das eigens von ihm selbst geschmiedete Samuraischwert, dahin scheiden lassen.

Es war eine völlig neue Erfahrung, Aliana mit einem Kind spielen zu sehen. Wie meine Göttin am Boden hockte und Holzstücke zu Türmen und Burgen aufeinander schichtete, ließ mich von Glück erfüllt amüsiert lächeln. Ich half beim Spielen mit der mir obliegenden menschlichen Phantasie.

Magie und Mysterien binden sich in der Aura Pariahs.

Was die Zukunft uns bringt ist ungewiß.

Dennoch, jetzt da ich die Vergangenheit zu einem neuen Bild zusammengesetzt habe, versuche ich eben jenes Bild mit dem Blick eines Kindes zu untersuchen.

Stets weit offene, neugierige Augen, die ohne Vorbehalt die Welt wahrnehmen.

Man muss die Welt durch die Augen eines Kindes betrachten. Auch die Welt der Dunkelheit. Dann erscheint sie in ganz neuem Licht.

\<HTTP://WWW.OLIVER-SZYMANSKI.DE\>
\<HTTP://WWW.NACIRON.DE\>

WEITERE ROMANE:

AUS DER REIHE: MIDWINTER CHRONIKEN
Die Elfen der Sha'aanar

AUS DER REIHE: DER DEUTSCHE
NYC 9.11. Der Plan danach

AUS DER REIHE: UNDERWORLD'S CHILDREN
Nacirons Vampire: Sakrileg
Nacirons Vampire: Blutlinie
Nacirons Vampire: Himmelfahrt

AUS DER REIHE: WHODUNIT
Liebesakt

AUS DER REIHE: EUROPEAN DIVISION
Tote Träumer

AUS DER REIHE: AKADEMIA ARKANIA
Der Sohn des Wolfgängers